Mme MARIE DE GRANDFORT

COMMENT

ON S'AIME

LORSQU'ON NE S'AIME PLUS

Aimez avec simplicité.
L'amour ne visite que les âmes
recueillies. H.
[illegible]

PARIS

LIBRAIRIE NOUVELLE

COMMENT ON S'AIME

LORSQU'ON NE S'AIME PLUS

Paris. — IMP. DE LA LIBRAIRIE NOUVELLE. — Bourdilliat, 15, rue Bréda.

Mᵐᵉ MARIE DE GRANDFORT

COMMENT

ON S'AIME

LORSQU'ON NE S'AIME PLUS

> — Aimez avec simplicité.
> — L'amour ne visite que les âmes recueillies. Il ne souffre point qu'on le violente.
>
> MARIE DE GRANDFORT.

PARIS

LIBRAIRIE NOUVELLE

Boulevard des Italiens, 15.

—

La traduction et la reproduction sont réservées.

1858

COMMENT ON S'AIME

LORSQU'ON NE S'AIME PLUS

A MADELEINE.

Valombreux, 1er juillet.

J'avais écrit toute la nuit; vers le matin, je congédiai mon secrétaire et, sortant furtivement, j'allai à l'écurie seller moi-même mon cheval favori. C'est un noble animal, de pure race arabe, avec une robe aussi noire que la nuit et portant sur le front une petite étoile blanche, ce qui, selon les mâhométans, est un signe de bon augure.

En trois bonds, *Nasseur* fut hors de la cour; je lui lâchai les rênes, en le pressant de l'éperon. Il se mit alors à galoper avec ardeur vers la forêt, hennissant et secouant sa crinière au vent.

Le soleil ne se levait pas encore, mais une sorte de lueur indécise marquait déjà la partie du ciel où l'astre devait paraître. La nuit avait perdu son calme; une vague inquiétude agitait la terre, émue comme dans l'attente d'un grand événement.

La brise s'était levée; elle courait dans les grands arbres et réveillait au fond des bois mille rumeurs, faibles d'abord, mais sans cesse grandissantes.

Dans le ciel, la lumière pâlie des étoiles semblait vaciller au souffle précurseur de l'aurore. Et moi, me laissant entraîner où mon cheval me menait, j'aspirais avec délices l'air frais et vivifiant du matin, et à chaque bouffée je me sentais plus fort; mes préoccupations, mes soucis fuyaient au loin, comme emportés par le vent.

Après avoir suivi quelque temps un chemin sinueux, je me trouvai sur la lisière d'un bois, au faîte d'une colline; devant moi courait une verte prairie, traversée par un large ruisseau; les étoiles s'étaient éteintes une à une, Vesper seul luttait contre la lumière envahissante de l'Orient; de longues bandes de carmin rayaient l'horizon, dont la ligne sombre, encore et dentelée par les sommets d'une haute chaîne de montagnes, se profilait nettement sur le ciel. Cependant, les masses confuses de chênes et de grands sapins commencèrent à se dégager des ténèbres; leurs contours s'accusèrent de plus en plus. Bientôt parurent quelques détails de paysage : des hameaux disséminés çà et là sur le flanc de la montagne; sur le sommet des châteaux et dans la vallée, des clochers dont les flèches se perdaient dans une épaisse brume qui s'étendait comme un voile blanc sur toute la campagne et semblait destiné à cacher aux regards profanes les mystères du lever du soleil.

Et quoi de plus solennel que la venue de cet astre qui, jour par jour, distribue au monde la lumière et la vie?... Qu'y a-t-il de plus important pour nous que cette grande nouvelle : Encore un jour qui vient de naître! O soleil! ton retour est plus qu'un réveil, c'est une création! La terre tressaille de joie à ton approche; comme une fiancée, elle se pare des gouttes brillantes de la rosée; elle envoie vers toi le chant de ses oiseaux et le parfum de ses fleurs... Dis-moi, que deviendraient les luttes ardentes des partis et les petites préoccupations de la grande politique, si un jour, fati-

gué de luire, tu t'attardais en chemin? Que di-
raient ces hommes qui n'ont jamais songé à toi et
qui, dans leur orgueilleuse confiance, ont cru
sans cesse que ta lumière était due à leurs pâles
œuvres? Ah! tout serait oublié sur la terre,
l'Ambition, l'Avarice, et peut-être l'Amour. Une
horreur profonde saisirait l'humanité et toutes
les mains seraient tendues vers toi, et tous les
yeux seraient fixés sur la place où tu avais
coutume de paraître; car la lumière, c'est
la vie même, et la mort n'est qu'une nuit éter-
nelle!...

Pendant que je laissais ainsi errer ma pensée
vagabonde, la lumière faisait de nouveaux pro-
grès. Les pics couverts de neige s'allumèrent un
instant comme des phares lointains. Autour de
moi s'élevèrent à la fois mille bourdonnements;
les oiseaux chantaient et sautaient de branche en
branche avec la plus grande vivacité et comme
pressés de vivre. Le vent de la vallée m'apportait,
à temps inégaux, le beuglement prolongé des
bœufs et des génisses, l'appel rauque du bouvier
et le chant sonore du coq vigilant. Bientôt, à tous
ces bruits, vint se mêler une voix plus grave,
le son de la cloche, cette vivante prière de
l'homme à Dieu.

Enfin, le soleil parut. Son grand disque sortit du brouillard et embrasa l'air de ses feux.

Ce ne fut qu'après la conclusion de ce grand spectacle, que mes yeux s'abaissèrent sur le ruisseau qui roulait en murmurant à mes pieds. Mon âme reprit alors le cours de ses premières rêveries ; en voyant ces légères vagues qui flottaient un instant devant moi et puis s'éloignaient pour toujours, je songeai à tout ce qui passe sur cette terre ; mes yeux attentifs trouvaient dans ces ondes qui se poursuivent sans s'atteindre une image des siècles qui, eux aussi, s'écoulent éternellement dans ce sombre abîme du passé, où tout se confond et s'efface. Puis, le cercle de mes pensées se restreignit et je me pris à songer à moi-même et à la fuite rapide de mes années, et il me semblait que j'assistais de nouveau à ma vie, dont toutes les phases s'écoulaient à flots pressés devant mes yeux.

Jours troublés et délicieux qui furent toute ma jeunesse, hélas ! me disais-je, qu'êtes-vous devenus ? Mon cœur, lassé de repos, se retourne vers vous ; j'étends les bras comme pour vous saisir à travers les brumes du passé... Se peut-il que vous ayez fui pour toujours, temps où j'ai souffert... où j'ai lutté... où j'ai vécu ?... N'y a-t-il pas quelque lieu écarté, quelque ciel plus beau où je retrouverai les chants, les parfums d'autrefois... les échos de ma jeunesse? Et à mesure que mes souvenirs prenaient une forme plus précise, les images à demi effacés de quelques êtres naguère aimés commençaient à flotter devant moi. C'étaient les ombres de mes amours passées; mais mon cœur restait muet, il ne battait pas plus fort; il se sentait si indifférent à la vue de ces fantômes, qu'il lui semblait que leur passage contât une autre histoire que la sienne, et ainsi elles vinrent toutes jusqu'à la dernière, qui était la plus belle et la plus aimée. Mais quand celle-là parut, il me sembla que je n'en avais jamais vue d'autre. Un voile obscurcit mes yeux, et comme j'y portais la main, j'y trouvai des larmes; et pour conserver le plus longtemps possible cette délicieuse image, je reconstruisis lentement en moi-même toutes les circonstances de notre amour.

Je me souvins du jour où je vous avais vue, de la robe que vous portiez, des paroles banales que nous avions échangées. Je repassai doucement dans mon esprit comment ce sentiment si fort plus tard avait germé lentement et presque à mon insu; comment mille événements contraires, au lieu de nous désunir, nous avaient attachés plus fortement l'un à l'autre ? Puis, craignant de songer aux jours plus sombres qui suivirent ces moments de bonheur, je m'attachai à ranimer chacune des scènes et jusqu'aux moindres incidents de ces jours enfouis, et je m'abîmai en quelque sorte dans cette ardente et délicieuse contemplation. Je revis votre doux visage, je foulai encore avec vous le sable fin du petit sentier qui borde le fleuve, ce petit sentier où nous égarions si souvent nos rapides caresses et nos longues espérances.

Il me semblait que la chaîne du temps, brisée depuis notre séparation, venait de se renouer et que nous retrouvions notre vie à l'endroit même où nous l'avions laissée en nous quittant. Tout cet intervalle sombre compris entre le moment présent et l'heure des adieux était effacé pour moi, ou du moins j'en écartai le souvenir.

Je sentais bien que c'était un rêve, mais je m'y acharnais et je fermais les yeux pour le retenir plus longtemps.

II

Je veux vous introduire, Madeleine, dans ce petit château, dont le plan me fut donné par vous et que nous devions habiter ensemble.

Une allée sinueuse bordée de lauriers et de magnolias débouche brusquement sur une vaste pelouse ornée çà et là de quelques touffes de grands arbres et terminée par un château de dimensions restreintes, mais bâti dans le plus pur style italien. Le corps du bâtiment contient un rez-de-chaussée assez élevé et surmonté d'un attique dont la corniche supporte une élégante galerie interrompue de distance en distance par des vases de marbre du plus beau modèle. Deux serres spacieuses forment les ailes du château : l'une sert de salle à manger, l'autre de salon. — Rien n'est plus charmant, Madeleine, que l'arrangement de ces serres. Les palmiers, les cocotiers semblent y avoir retrouvé leur patrie, tant leurs pousses sont saines et vigoureuses. Les lianes exotiques jetées d'arbre en arbre se suspendent en guirlandes et forment une tente de verdure; mille fleurs odorantes, celles que vous aimez, embaument l'air sans cesse rafraîchi par des fontaines jaillissantes.

Derrière le château se pressent de grands arbres étagés sur une colline peu élevée, qui sert de fond au tableau et encadre parfaitement les lignes régulières de l'architecture. Sur la pelouse, court un ruisseau qui se contourne capricieusement et semble faire mille façons pour s'éloigner de ce riant séjour; puis, dans le lointain, ce ruisseau s'élargit et va se perdre dans un lac dont on entrevoit les eaux bleues et tranquilles à travers les troncs d'arbres. Tout cet ensemble est simple, mais beau, rien n'y sent l'affectation ni le mauvais goût. Ce n'est pas un palais, mais c'est la retraite d'un patricien rêvée par une femme.

La porte d'entrée s'ouvre sur un vestibule stucqué et orné de colonnes en marbre blanc, comme vous le désiriez. Deux portes à droite vous introduisent dans le salon. Il est simple, mais tellement rempli de fleurs naturelles, qu'il ressemble à un riche parterre. Au-dessus des portes, quelques belles peintures donnent du charme à l'appartement. Le plafond composé de grands caissons aux nervures dorées et sculptées et aux fonds cu-

rieusement chargés d'arabesques, rappelle par
son travail les plus beaux temps de la Renaissance.
Mais ce qui attire tout d'abord les regards, c'est le
tableau d'un maître inconnu qui occupe tout un
panneau. C'est une œuvre admirablement conçue
et exécutée. — Je veux, Madeleine, vous en dire
le sujet.

Au milieu d'un buisson de roses, deux tourte-
relles se becquètent joyeusement sur le bord de
leur nid. Leurs ailes sont entr'ouvertes et comme
frémissantes d'amour. Elles sont si doucement
occupées, qu'elles ne voient pas un serpent à la
gueule béante, qui dresse au-dessus d'elles sa hi-
deuse tête, et ce n'est pas le seul danger que cou-
rent les pauvrettes, car un vautour aux ailes dé-
ployées précipite vers leur nid son vol rapide. —
Mais on voit un éclair briller sur la tête du rep-
tile, tout prêt à l'atteindre, et une flèche, lancée
par une main cachée, voler à la poursuite du vautour.

Il y a tout un roman dans ce gracieux sujet. Ces
colombes se caressant entre la gueule d'un serpent et les serres d'un vautour ne symbolisent-
elles pas la confiante indifférence de deux cœurs
vraiment épris au sein même des plus grands
dangers. Cet éclair parti du ciel et cette flèche ve

nue de terre prouvent, à mes yeux, la tendre sollicitude et la protection marquée que toute la nature accorde à l'insouciant amour.

Ce n'est pas un manque de tendresse qui me fait ainsi vous entretenir de choses indifférentes, Madeleine. — Vous avez exigé de moi le récit fidèle de mes impressions ; mais je craindrais, en vous parlant de ce que j'aurais tant à cœur de vous dire, d'amener entre nous une explication trop prompte, un retour trop subit vers le passé... Or c'est ce que je veux à tout prix éviter, ou du moins retarder jusqu'au jour où mon cœur sera assez fort pour résister à une semblable épreuve.

Il 'y a deux mois que nous sommes séparés, deux mois que je suis sans nouvelles de ma chère Madeleine. Je ne vous dirai pas que je m'habitue à cette séparation, mais il est vrai qu'elle est moins douloureuse qu'autrefois. La pensée de vous avoir perdue à jamais ne m'arrache plus de cris de douleur, mais elle m'inspire de mélancoliques regrets ; je suis assez pareil à un homme exilé de sa patrie et qui ne pourrait y rentrer qu'en courant à une perte certaine, mais qui néanmoins, plus heureux que bien d'autres, a rencontré sur le sol de l'étranger des hôtes accueillants et des maisons amies. Il s'efforce d'oublier le passé, de se créer de nouvelles relations, et de pousser, pour ainsi dire, de nouvelles racines dans cette terre hospitalière. La vie lui est douce ; il a la meilleure place au foyer ; les pères apprennent à leurs petits enfants à respecter l'exilé... Lorsqu'il est rêveur, on s'inquiète, on parle bas, on conspire doucement contre sa tristesse... Et quand enfin le sourire a reparu sur son visage, toute la famille triomphante se presse autour de lui.

Son âme s'endort parfois sous le charme. Il arrive même qu'il se croit guéri de son amour insensé pour cette patrie qu'il ne doit plus revoir. Mais que faut-il pour éclairer tout à coup les profondeurs d'un cœur qu'il n'ose plus sonder?... un mot, peut-être... un air oublié depuis longtemps... une hirondelle qui vole... un nuage qui passe... alors... tout ce qu'il voit, s'efface devant lui. Il oublie ses nouveaux projets, ses modestes espérances de bonheur, l'accueil de ses hôtes, et, ingrat lui-même, il ne songe plus qu'à l'ingrate qui l'a repoussé !... C'est elle qu'il lui faut à tout prix, le reste n'est rien, et, à partir de ce jour, n'en doutez pas, l'inquiétude dévorera tous ses moments, et un soir, bravant tous les dangers, il osera franchir la frontière de sa patrie, impatient d'y vivre ou d'y mourir... et peut-être (Dieu tourne

le cœur des hommes comme il lui plaît) que ce
même pays qui le repoussait loin de lui, le rece-
vra avec joie, touché de son exil et de ses mal-
heurs... Mais je crois, Madeleine, que je pousse
trop loin ma comparaison. Hélas ! il est des fron-
tières que l'on ne repasse plus... et au lieu de ca-
resser des rêves, je devrais me contenter de votre amitié, des lettres que vous m'écrivez... enfin,
de tous ces bons hôtes dont je vous parlais tantôt
et que vous m'avez donnés pour charmer mon
exil.

GEORGE.

A GEORGE.

Notre-Dame des Prés, le ...

George, j'aime vos récits, et vos lettres ont singulièrement apaisé mon âme inquiète. Ce ton so-
bre et nonchalant que je ne vous connaissais
point a réussi à calmer mon esprit encore irrité,

non de colère, mais de douleur. Car, si je ne vous
aime plus, j'avais encore à votre sujet une sorte
de susceptibilité nerveuse et maladive qui pouvait jeter dans ces relations tendres que nous
nous sommes promis d'entretenir une défiance
qui les eût entravées. Voilà pourquoi mon cœur
battait violemment en brisant l'enveloppe de vos
lettres; il battait comme au temps où nous nous
aimions. Malgré moi-même, mon œil cherchait
encore ces phrases tendres d'autrefois. Vous le
voyez, comme vous, quelques mois de silence et
de séparation m'avaient semblé tout à coup comblés
par cet envoi dont j'ai reconnu immédiatement
l'écriture. — C'est toujours une épreuve redouta-
ble à faire que celle que nous avons tentée. Après
les plus cruels déchirements, les mouvements les
plus tumultueux du cœur, après les orages qu'en-
traîne toujours avec elle une passion, il est
étrange de se retrouver calme et libre l'un vis à
vis de l'autre. Nous sommes au lendemain d'une
bataille, mon ami, nous avons compté nos morts,
soigné nos blessés; tendons-nous une main loyale
et que la paix s'asseye enfin dans nos foyers!

Vous le voyez, George, je ne conserve plus ni
colère, ni amertume... Désormais, nos nouvelles
relations me trouveront aussi douce, aussi pai-

sible qu'autrefois vous m'avez vue exigeante
et emportée. — Je vous ai mal aimé, je le sais.
— J'ai autorisé souvent vos emportements et
vos froideurs soudaines par la prodigieuse et
fatigante mobilité d'un esprit que tout attire.....
J'ai lassé votre patience par mes tristesses sans
motif et par la complète retenue d'un cœur
qui ne sait point se confier... Aussi avons-
nous bien fait de rompre une chaîne qui nous
meurtrissait l'un et l'autre. — Il nous restera,
malgré les tempêtes, un souvenir heureux de ce
court voyage dans la vie que nous avons fait ensemble, une estime réciproque et une amitié dé-
vouée mêlée du regret de ne pas nous être mieux
compris...

Je n'aurai point à opposer à vos descriptions
l'esquisse fidèle des lieux que j'habite. Vous la
connaissez comme moi cette maison rouge, abritée par ses grands arbres verts, écartée et silen-
cieuse comme une femme qui rêve loin de ses
compagnes. Vous connaissez ce pavillon d'où la
vue est si belle, et cette fraîche rivière vers laquelle nous allions le soir voir le coucher du soleil. — Tout cela fait partie de notre passé et me
le rappelle. Le saule où vous avez gravé mon nom
se porte à merveille; notre amour devait durer

comme lui; notre amour est mort et le saule étale
plus que jamais le luxe de son feuillage argenté.
 — Tout est périssable ici-bas, mais mille fois plus
 érissables et plus vaines que les plus périssables
 choses sont les sensations du cœur de l'homme.—
Nous n'avons point de sentiments, nous n'éprou-
vons que des impressions plus ou moins vives, selon
la force ou la faiblesse de notre nature... A notre
honte, George, nous pouvons cesser d'aimer pour
aimer encore ; nous pouvons cesser d'aimer, sans
cesser d'être heureux.

C'est une amère pensée, que celle-là. Elle ne
peut naître que dans un cœur longtemps éprouvé
et mûri par une douloureuse expérience. A dix-
huit ans, je regardais l'Amour comme un dieu aux
pieds duquel il fallait vivre, pour lequel on devait mourir. Je croyais à sa puissance, à sa jeunesse, à son immortalité. Je gardais mon cœur
avec une fière chasteté, voulant en faire un don
éternel à celui que je devais aimer; je ne com-
prenais point que cette flamme vive pût s'éteindre,
encore moins qu'elle pût se rallumer sur un autre autel. Mon âme vigoureuse ne savait rien de
l'entraînement fatal des sens, ni des coquettes ré-
ticences de la pudeur. Je me suis donnée d'un
bloc, dans toute la splendeur de ma beauté,

sans remords, sans crainte, le front illuminé d'une
joie divine, car il me semblait que le Dieu éternel
devait bénir l'union parfaite de deux de ses créatures.

Voilà, vous le savez, George, mon point de départ dans le chemin des passions. Comment j'en
suis venue à renverser d'une main audacieuse
mon autel adoré, demandez-le à la pâle expérience que j'ai trouvée un matin assise à mon chevet... Je n'aimais plus... mais mon âme altérée de
bonheur cherchait encore, malgré elle, une onde
pour étancher sa soif. — Vous m'avez prise alors
dans vos bras comme un enfant malade, et vous
avez voulu guérir ce cœur ulcéré d'où la sérénité
s'était enfuie. Nous nous sommes aimés, mais sans
foi ardente, sans espérances immortelles. Nous
nous sommes aimés d'un amour terrestre, tandis
que moi je rêvais un amour divin. Jalousies con-
centrées, soupçons injurieux, retour vers le passé,
paroles amères, tout ce cortége de l'amour humain
a lentement étouffé, dans nos âmes troublées, le
germe précieux de la divine fleur. Votre main a
abandonné la mienne qui languissait. — C'est en
vain que nous avons cherché à rallumer nos cœurs
éteints et fatigués. — Nous sommes trop vieux
pour ces jeunes et belles amours que la Confiance,

2

l'Innocence et la Paix escortent d'une marche légère.

Si, depuis, nous nous sommes fait mutuellement souffrir, si l'amertume a débordé dans nos plaintes, c'est que nous voyons s'en aller notre amour, dont nous avions fait d'avance toute notre joie et notre avenir.

George, il est bien vrai que nous avons été de mauvais amants. — Serons-nous de meilleurs amis? Nous avons semé nos champs dans ces quelques mois qui viennent de s'écouler. Récolterons-nous le froment ou l'ivraie?

A MADELEINE.

Luchon, ce ... juillet.

Madeleine, Madeleine! terrible enfant! pourquoi jouez-vous ainsi avec la douleur?... Pourquoi fouillez-vous dans le passé pour en retirer le mal seul et en déduire de funestes conséquences pour l'avenir?... Pourquoi laissez-vous méchamment dans l'oubli ces beaux jours, ces belles heures où Madeleine, insouciante, courait dans la vie sans regarder derrière elle et sans interroger le lendemain, — ces moments où cette âme inquiète et farouche s'oubliait elle-même et se livrait à l'amour avec l'abandon heureux d'une maîtresse sûre de sa puissance?... Quel était donc, dites-le moi maintenant, le sujet de ces brusques alternatives? Pourquoi ressembliez-vous si peu le lendemain à la femme de la veille? D'où vous venaient ces défiances jalouses et ces subites sérénités? Qui pourra lire dans ce cœur profond et secret?... Qui sondera cette âme frémissante?

Je ne répondrai pas autrement à ces lignes tourmentées que je viens de recevoir... Vous êtes dangereuse, Madeleine, et je ne pourrai rester longtemps sur le terrain brûlant où vous nous avez déjà mis... car moi aussi, je souffre, et je tiens fortement mon cœur afin qu'aucune plainte ne s'en échappe, afin qu'aucun cri n'aille vers vous et vous demande un compte sévère de ce bonheur que vous avez détruit. . . . .
. . . .

Je vous ai longuement décrit, trop longuement sans doute, ce château que nous devions habiter ensemble, Madeleine. — En ce qui me regarde, ces détails ont eu le tort de me faire revoir un à un tous ces rêves que nous faisions autrefois... et lorsqu'ils se sont de nouveau enfuis, je me suis senti non plus seul, mais isolé, et j'ai cherché par un changement de lieux à me distraire de leur souvenir. Le soir même du jour où je vous envoyais ma première lettre, je partais pour Luchon.

Le temps est magnifique et seconde admirablement les longues excursions que je fais chaque jour. Dès le matin, au lever du soleil, je pars avec mes guides, je passe ma journée dans la montagne, et le soir je rentre dans la petite ville si coquettement assise au milieu d'une plaine, si unie qu'elle semble un lac de verdure.

Il y a quelques jours, je résolus de faire l'ascension du pic Nethou, qui est le point culminant du massif de la Maladetta, la région la plus élevée du système pyrénéen. Je ne vous parlerai pas de l'émotion soudaine qui saisit l'âme sur ces sombres hauteurs ; je ne vous dirai pas non plus quelle secrète et égoïste consolation ressent l'homme qui souffre en voyant que la nature aussi a ses tristesses et ses ruines.

Mais je veux vous conter un petit épisode qui

vous intéressera, vous si curieuse des drames intimes, peut-être davantage que la description de la vallée du Lys ou celle de Bossos.

Je venais de traverser le col élevé qui sépare la France de l'Espagne, et que les habitants du pays connaissent sous le nom de port de Vénasque, lorsque je rencontrai une petite cavalcade composée de deux guides et de trois personnes appartenant évidemment à la plus haute classe. Ils venaient aussi braver les fatigues d'une ascension plus longue, il est vrai, que périlleuse. Nous voyageâmes ensemble, et au retour nous étions assez liés pour que j'acceptasse l'hospitalité d'une nuit dans le cottage qu'ils possèdent près de Vénasque.

C'est une jolie habitation que la leur ; on y trouve tout ce que l'on recherche à la campagne : des prairies d'un vert tendre admirable, de grands arbres de toutes les essences, des eaux vives et une magnifique vue. La maison, à demi cachée par des arbustes chargés de fleurs, semble inviter au repos le voyageur fatigué du désordre grandiose qu'il vient de quitter.

La fenêtre de ma chambre est tournée à l'est, et dès le matin elle est envahie par la lumière du soleil levant. J'ai alors devant mes yeux un spectacle sublime, et je ne puis me lasser d'admirer avec quel art la nature sait tirer d'une même cause mille effets variés et nouveaux.

Enfin, tant à cause de la situation pittoresque du cottage que de la cordiale hospitalité que j'y ai reçue, je me suis décidé, sur leurs vives instances, à y passer quelques jours.

Mes hôtes sont Italiens, et, bien que leur histoire soit simple, elle peut passer pour romantique.

Il y a bientôt six ans que la comtesse Beppa vint dans les Pyrénées. Elle était veuve depuis quelques années et n'avait qu'une fille âgée de dix ans. Un jour, dans une de ces excursions aventureuses qu'elle semble encore aimer, elle fut surprise par une bourrasque de neige où, malgré les efforts de son guide, elle eût infailliblement péri sans l'arrivée providentielle du jeune comte Mario, son cousin, qui la sauva, avec un courage animé par l'amour, d'une mort certaine. Son dévouement faillit lui coûter cher. Accablé de fatigue, il ne put regagner Luchon; on dut le porter à Vénasque, où Beppa le soigna avec une tendre reconnaissance. Lorsque Mario fut guéri de ses blessures et de ses fatigues, la belle comtesse revint avec lui en Italie, où ils se marièrent;

mais bientôt le souvenir des lieux où, pour la première fois leurs cœurs s'étaient entendus, revint à leur mémoire. Ils firent bâtir alors le cottage d'où je vous écris, et passent là toute leur saison d'été. La comtesse Beppa Mario est très-jolie malgré sa peau brune et la petitesse singulière de sa taille. Son mari rappelle le plus beau type romain. Ils s'aiment comme au premier jour et avec la simplicité de deux cœurs que nulle passion désordonnée n'a troublée.

Quant à la fille de la comtesse, je ne saurais vous en rien dire. Je crois que c'est une grande fillette avec une forêt de cheveux blonds qui lui retombent sur le visage, et dont la vie se passe à courir les montagnes, à gravir les rochers, à franchir les torrents. On l'adore chez elle, c'est la seule remarque que j'ai su faire, n'ayant jamais éprouvé le moindre attrait à examiner les jeunes filles, pas plus, en vérité, qu'à feuilleter les pages blanchies d'un album. Leurs jeux me fatiguent, leurs causeries me sont désagréables, et j'ai toujours considéré avec beaucoup d'étonnement la façon admirable dont un de mes amis savait les entretenir. Il faut sans doute une grande délicatesse d'esprit et de cœur pour leur parler le langage qui leur convient. Leur pureté m'effraye ; avant de dire une phrase je la retourne cent fois dans ma pensée pour savoir si elle est parfaitement convenable sous tous les rapports ; et, après un mûr examen, je ne la hasarde quelquefois qu'en rougissant.

J'ai quitté hier ces amants de la solitude après leur avoir promis d'y revenir lundi passer avec eux la semaine. Le spectacle de leurs tranquilles amours me délasse et m'est salutaire.

En rentrant hier au soir à Luchon je trouvai, dans mon logis, un mot de Mme Marie d'Hauterive, votre légère et folle amie, qui m'invitait à me rendre chez elle. Je devinai qu'il devait être question de vous et j'y courus subitement. Jugez de mon désappointement lorsque je vis son salon envahi par une foule de petits jeunes gens qui me regardaient de mauvais œil et qui, pour rien dans le monde, ne m'eussent cédé la place. Mme Marie s'est aperçue de mon déplaisir et m'a invité à faire partie d'une cavalcade pour le lac d'Oo. J'ai accepté, et ce matin j'ai enfin appris que vous alliez bien, qu'on ne vous voyait point, que, fidèle à vos sauvages habitudes, vous ne sortiez guère et ne receviez jamais ; qu'on vous avait seulement embrassée le second dimanche de mai au sortir de la messe, que vous étiez bien pâle, mais toujours

bien belle ; enfin, mille détails ravissants qui me
remplirent de joie.

Malgré son esprit frivole, Marie vous aime
sincèrement ; certes, ce n'est point là pourtant l'amie que doit avoir Madeleine, et vous avez
bien fait de vous éloigner d'elle ; elle est tellement vivace qu'elle apporte partout avec elle le
tapage et le bruit sans lequel elle ne saurait
vivre. Les âmes légères sont toutes ainsi ; le
calme les ennuie et la solitude les effraye.

Vous êtes trop admirablement douée, vous, pour
livrer votre beauté divine et votre âme profonde
à la foule qui n'encense que les beautés factices,
les esprits d'emprunt et les cœurs d'occasion.

Madeleine, pourquoi toutes les femmes sont-
elles si loin de vous ?... Pourquoi, lorsqu'on a
contemplé ce beau visage si fier et si doux, détourne-t-on les yeux de toute autre image ? Ah !
sirène, fatale enchanteresse ! vous condamnez à
l'isolement celui qui vous a aimée !...

Écrivez-moi beaucoup, Madeleine, vos lettres
sont mes seuls bonheurs.

A GEORGE.

Il est bien vrai que je vous ai écrit tout ce que je m'étais promis de vous taire. J'ai été emportée malgré moi dans la région des orages que nous avons si souvent parcourue. Mais comme le ciel, si l'âme a ses tristesses soudaines, elle a aussi ses rayons inattendus. Aujourd'hui le soleil brille et la vie me semble aussi belle qu'hier elle me paraissait désolée.

D'où viennent ces brusques changements que rien n'autorise? La cause en est quelquefois si futile qu'on aurait peine à la retrouver.

Ce matin, en me levant, je suis descendue au jardin. Le soleil, déjà haut dans le ciel, colorait doucement la terre d'où s'échappaient ces légères vapeurs qui semblent être le soupir de son sein en travail. Nos vignes épanchent sur le flanc des coteaux leurs grappes déjà vermeilles; les champs jaunis s'ouvrent sous la charrue laborieuse qui prépare la culture nouvelle; les prairies, à demi séchées, offrent aux animaux une pâture odorante. Nos bois, dont le vent froid du nord n'a pas dépouillé le front chevelu, montent de la vallée à la colline et servent de ceinture à ce petit château qui regarde le soleil levant. Tout respire le calme et la paix dans ma douce demeure, et rien ne trouble le silence majestueux de la campagne, si ce n'est de temps à autre le beuglement de la vache ou le cri aigu de la ménagère appelant les travailleurs au repas du matin.

Le mois de septembre est, dans notre cher pays, la meilleure époque de l'année. Le soleil n'a plus ces rayons vifs qui brûlent et excitent le sang alors que l'aubépine fleurit le long des haies et que mai revêt en souriant sa folle robe de fleurs... L'automne, plus calme, les bras chargés de trésors, la tête couverte de pampres jaunis, n'inspire que de graves pensées au rêveur qui voit l'hiver venir.

En face de cette splendide nature, je me suis comme éveillée d'un mauvais rêve... J'ai détiré mes bras, passé mes mains sur mon front, secoué mes cheveux, et, vive comme l'alouette, je suis partie pour aller visiter mes voisins. On s'est récrié à ma vue comme à une résurrection. « Est-ce bien vous ? Est-ce bien vous ? me disait-on, vous que nous avons cru perdue, vous, plus belle et

plus souriante que jamais ? » Ces témoignages d'affection m'ont touchée, et j'ai cédé à leurs instances
en leur rouvrant ma maison que j'ai tenue si longtemps fermée.

J'ai envoyé un domestique à cheval porter des
invitations dans le voisinage et j'ai fait parer ma
retraite comme pour une fête. — Quand j'ai vu
ces fleurs, ces lustres, ces apprêts, mon courage a
failli m'abandonner. J'ai été sur le point de partir pour n'importe quel coin de terre ignoré, mais
j'ai vu tant de bonheur répandu autour de moi
que je me suis laissée aller à la satisfaction générale et que j'ai envoyé chercher pour demain les
musiciens de la ville voisine.

Votre lettre, datée de Luchon, que je reçois à
l'instant, m'apprend le retour de mon amie d'en-
fance, Marie d'Hauterive. Je vais lui écrire de venir demain. Quel sera son étonnement en voyant
la pâle Madeleine ouvrir ses salons et donner des
fêtes !... Pourquoi n'en serait-il pas ainsi ? Vous allez bien chez des comtesses italiennes, vous !... Et
avec ce charmant égoïsme qui vous est particulier,
c'est en revenant d'une partie de plaisir que vous
me recommandez la solitude.

J'irai, oui, j'irai cet hiver à Paris où, malgré *ma
beauté réelle* et mon *esprit à moi,* je serai très-en-

tourée et très-fêtée!... J'ai trop longtemps vécu dans l'ombre; place maintenant, je veux du soleil!...

II

J'étais dans le salon quand on est venu m'annoncer mes hôtes; j'avais l'âme émue, et cependant je ne sais pourquoi leurs costumes me sont restés gravés dans la mémoire. Il arrive ainsi quelquefois, par un phénomène singulier, que plus notre esprit est préoccupé, plus il examine curieusement les objets indifférents qui l'entourent.

Le baron Anselme a d'abord paru. Il portait une grande redingote verte qui lui allait jusqu'aux talons, et un immense faux-col qui montait jusqu'aux oreilles. Dans ce col s'emmanchait une tête qui ne semblait que la première ébauche d'une face humaine. Cependant, deux petits yeux gris d'éléphant imprimaient un certain air de finesse rustique. Il est, vous le savez, puissamment riche. Il sait à point nommé quel jour il convient de semer l'orge et le froment, quel jour il faut les récolter, mais il n'a pas su apparemment à quelle heure il convient de marier les filles, car la sienne s'est enfuie dernièrement avec son maître de musique.

Il était suivi par mon nouveau voisin, un jeune gentilhomme campagnard, qui parle sans cesse de ses chasses et des prouesses de feu son père, chevalier de Saint-Louis et premier veneur du roi. Il se donne de petits airs régence qui m'ont fort amusée. A l'entendre, nulle femme ne lui a jamais résisté ; je ne sais s'il en a jamais attaqué aucune. Il parle avec complaisance des brigandages de ses aïeux, qui mettaient à rançon les châteaux et les chaumières ; il s'étend sur les magnifiques toilettes de son aïeule à la cour de Louis XV. Or son grand-père était braconnier, et son aïeule couturière. Mais il a, pour se faire pardonner ses ridicules, une sœur si douce et si belle qu'on le reçoit avec plaisir. Votre admirateur, le diplomate, donnait le bras à la charmante enfant fort confuse d'un tel honneur. Puis, est arrivé un certain M. Alcide bien connu dans le pays pour son amour du paradoxe et des mauvaises causes. On devine à sa tournure athlétique la nature de sa robuste éloquence. Il prend souvent la tribune pour une arène, et ses adversaires redoutent ses poumons infatigables. Il traînait à son bras une sorte d'automate qui lui sert de femme. En la voyant on pense instinctivement à l'Olympia d'Hoffman, car elle est régulièrement belle, mais son aspect est si nul et ses mouvements si raides et si peu en rapport avec ses paroles, que tout cet ensemble hétérogène semble mû par des ressorts et non par une volonté intelligente.

Marie est arrivée la dernière. Son entrée a fait sensation. Je l'ai embrassée avec tendresse, elle m'apportait comme quelque chose de vous.

A mon grand étonnement, elle m'a présenté le jeune duc Octave de B... qui vient d'acheter un château dans le voisinage, et je l'ai retenu à dîner.

Je ne puis comprendre pourquoi, moi, qu'une nouvelle figure éloigne plutôt qu'elle n'attire, je me suis surprise à contempler ce visage sur lequel la jeunesse, la volonté, l'intelligence sont écrites. Certes, ce n'est point là un homme ordinaire. Ses yeux lancent d'ardentes, mais pures flammes. Sa bouche, fièrement dessinée, a un sourire tendre; sa voix est douce, elle n'est pas grave comme la vôtre, mais elle est émue et va à l'âme. Sa naissance illustre est écrite sur son front. Il reçoit avec dignité les hommages qui lui sont dus, mais n'en commande pas l'expression. C'est, en un mot, un bel enfant dont sa mère doit être fière.

Il m'offrit son bras quand on vint annoncer le dîner, et me remercia tout bas, avec un mélange charmant de grâce et de naïveté, de l'avoir engagé à rester : « Il avait depuis longtemps, dit-il, un immense désir de m'être présenté ; il avait si souvent parlé de moi ! »

Je lui fis part de mon étonnement.

— Le comte George de B... est un cousin de ma mère, me répondit-il, et, il y a quelques jours, je suis allé le voir à Valombreux. Il m'a dit avoir eu l'honneur de vous rencontrer à Rome, il y a deux ans, et me parla de façon à me faire faire des extravagances pour seulement vous apercevoir. Je l'ai encore revu dans les Pyrénées.

Il me dit encore que vous étiez triste, et qu'il vous croyait le cœur occupé d'une grande passion.

Je crois que j'ai rougi, car il a aussitôt repris :

— Savez-vous quelque chose sur ce sentiment mystérieux qui semble avoir bouleversé la vie de George ?

— La femme qu'il a aimée est morte, ai-je dit après un instant d'hésitation.

— Y a-t-il longtemps ? a-t-il demandé avec un air de profond intérêt.

— Un an.

— Pauvre femme ! pauvre George ! Je comprends maintenant sa tristesse et son éloignement pour le monde.

— Pourquoi les plaignez-vous ? ai-je répondu brusquement, ils se sont séparés dans toute la plénitude de leur beauté et de leur amour. Ils se sont quittés le cœur plein de regrets. George se consolera sûrement, mais l'image de cette belle morte qu'il a aimée restera éternellement vivante dans son âme, telle qu'elle était au temps de leur bonheur ; leur amour n'aura point de rides, ni de cheveux blancs. Pourquoi les plaignez-vous ? Ils étaient à la veille de se haïr.

Le jeune duc me regardait avec un étonnement mêlé de tristesse.

— Comment savez-vous tout cela ? me dit-il, et surtout comment pouvez-vous supposer qu'après s'être si longtemps et si ardemment aimés ils pourraient un jour renier leur passé pour d'autres espérances ?

— Ne voyez-vous point ce qui se passe autour de nous ? répondit-je avec un léger embarras.

— Appelez-vous passion et amour ces caprices vulgaires nés dans des âmes plus vulgaires encore ? dit-il. Ces fils bâtards, d'une imagination exaltée et d'un cœur corrompu, peuvent-ils vous servir de type ? N'y a-t-il point des amours plus nobles ? Pour moi, cela me semble un si beau sentiment que je n'hésiteras point à lui consacrer ma vie entière. Comme l'aigle, je n'aurai qu'une compagne et qu'un amour : s'il se brise, seul aussi, comme le roi de la montagne, j'attendrai mon dernier jour où je remettrai à Dieu un cœur créé pour d'impérissables attachements.

Il m'est impossible de vous redire avec quelle fierté d'accent ces quelques paroles furent prononcées. — Je me sentis humiliée. — Je me hâtai de détourner la conversation et la rendis générale pour être fidèle à mes devoirs de maîtresse de maison. Notre entretien à voix basse avait d'ailleurs attiré l'attention de mes invités, et la belle Marie avait suivi d'un œil jaloux chacune des émotions du duc de ***. Le diplomate assis à son côté s'exerçait à découvrir quelles pouvaient être ses relations avec le noble étranger. — Ses yeux gris regardaient par-dessus ses lunettes et les fixaient alternativement, tandis que son nez, plongé dans son assiette, semblait témoigner d'une complète indifférence pour ce qui se passait au dehors.

Le cultivateur avait entamé avec son voisin une discussion sur la maladie de la vigne, et le gentilhomme campagnard, placé à côté de la femme de l'avocat, l'assassinait d'œillades auxquelles elle répondait de son mieux.

Quant à l'avocat, il promenait de temps à autre des regards satisfaits autour de lui, et s'applaudissait de ce que le sort eut ainsi livré un auditoire choisi aux redoutables coups de son éloquence.

Pour ranimer la conversation languissante, je lui donnai une tournure politique. Je parlai des élections qui allaient avoir lieu.

Cette question brûlante fit le tour de la table. Les têtes s'échauffaient. L'avocat se préparait à quelque magnifique improvisation quand tout à coup un orchestre, que j'avais fait placer dans la serre, fit entendre les premières mesures de l'ouverture de *la Dame Blanche*. Les conversations cessèrent aussitôt et tout le monde se mit à écouter, sauf cependant le campagnard dont les gestes annonçaient l'émotion la plus vive, et qui se démenait sur sa chaise comme un possédé. Je finis par deviner que la musique avait réveillé en lui le souvenir de la fuite de sa fille.

Lorsque l'orchestre eut achevé son premier morceau, M. Anselme se pencha vers son voisin :

— Moi, monsieur, lui dit-il, je ne puis comprendre que l'on aime la musique. Passe encore pour les cuivres et les grosses caisses, ce sont là les instruments honnêtes; mais les violons! monsieur, mais les petites flûtes! c'est une des plaies de la société! C'est à l'aide de ces machines-là qu'on s'introduit dans les familles, qu'on endort la vigilance des pères, qu'on séduit les filles... monsieur!... Tous les musiciens sont des socialistes!...

— Hélas! soupira le gentilhomme, qui fit semblant de songer à ses nobles aïeux.

— L'anarchie, s'empressa de dire l'avocat, ne trône pas seulement dans les États; elle a envahi les familles. — Il y règne une étrange confusion de toutes choses. Où est-elle, cette ancienne austérité des mœurs? Aujourd'hui, au lieu de sévir contre l'inconduite, de la traquer, de la chasser loin de soi, on la regarde sans colère, on l'accueille... La tolérance, voilà la faute, j'allais dire le crime de la société.

—Dans tous les cas, ce n'est pas votre défaut, riposta brutalement M. Anselme, qui se sentait blessé dans le souvenir de sa fille.

—Je ne connais pas, comme vous, les secrets de la politique, dit Octave en s'adressant à l'avocat, et je suis malhabile, je l'avoue, à mêler la conduite des nations avec une question de morale intime, dont le juge est dans notre cœur et dont le code n'est pas sur la terre. C'est vous dire que, comme chrétien, je ne saurais être de votre avis. — La religion penche aussi du côté où s'inclinent nos cœurs : inflexible sur les principes, elle est tolérante avec les personnes. Elle hait la faute, elle plaint le coupable.

— Mais, objecta l'avocat en feignant une vertueuse surprise, la religion chrétienne est la religion de la vertu, de l'innocence.

— C'est surtout celle du repentir, reprit Octave; trois femmes coupables pleurèrent aux genoux du Christ, toutes les trois furent accueillies et consolées. N'est-il pas vrai, continua-t-il en se tournant vers notre bon vieux curé, qui l'écoutait avec une attention soutenue, n'est-il pas vrai, monsieur l'abbé, que la loi du Christ est la loi du pardon? Que signifierait, sans cela, ce touchant symbole dont nos églises sont pleines, cette image du Sauveur expirant, dont la tête se penche douloureusement vers la terre, dont les bras s'ouvrent et s'étendent patiemment sur la croix, comme pour appeler sans cesse le monde entier à un immense repentir. Seriez-vous plus sévère que le Christ? Votre main resterait-elle fermée sans retour à l'enfant prodigue?

Les traits du pauvre Anselme s'étaient transfigurés pendant ces quelques paroles d'Octave. C'était sans doute la première fois qu'un rayon de sensibilité avait réussi à pénétrer cette grossière enveloppe.

C'était un plaidoyer en faveur de sa fille. Ses yeux, pleins de larmes, rayonnaient de reconnaissance, et sa bouche, à moitié ouverte, semblait prête à proférer des remercîments que son âme émue ne savait ni exprimer, ni contenir.

Pour moi, je contemplai Octave avec admiration... A cette voix harmonieuse, à ce bien-dire qui donne quelque chose d'achevé à ses moindres paroles, tous mes souvenirs douloureux s'étaient enfuis comme un léger brouillard devant le soleil... Ces vers que vous avez écrits sur mon album me revinrent en mémoire, et je dis tout bas à Octave :

> Seigneur, la robe d'innocence
> Qu'un souffle suffit à ternir
> Paraît moins blanche, aux yeux de ta clémence,
> Que la robe du repentir !

— Oui, me dit le jeune duc, honte aux âmes dégradées, mais pitié pour celles que la fatalité jette hors de leur route !

— L'amour les y ramène parfois par un douloureux chemin, répliquai-je aussitôt.

Octave m'a regardée avec une pénétrante attention... et nous nous sommes levés de table pour passer au jardin.

Après le dîner, j'ai laissé mes hôtes sur la grande pelouse, et j'ai attiré Marie sous la charmille du labyrinthe. J'avais hâte d'avoir de vos nouvelles, et je ne sais pourquoi j'avais presque peur à l'idée de ce qu'elle pourrait m'apprendre.

Elle me raconta que vous aviez été ensemble au lac d'Oo... Les magnifiques vers que cela vous avait inspirés me furent redits avec enthousiasme.

— Jamais, a ajouté Marie, il ne m'a paru si beau et si grand ; les autres hommes, même les plus spirituels, me semblent ridicules auprès de lui ; et lorsqu'il entrait chez moi au milieu des conversations oiseuses de nos jeunes élégants, j'avais envie de m'écrier : « Taisez-vous, voici votre maître ! »

— George t'a-t-il beaucoup parlé de moi?

— Peu; il a semblé craindre de me laisser lire au fond de son âme. — Il y a un secret entre vous, Madeleine. — On dit que vous vous êtes beaucoup aimés, mais le monde ignore pour quelle cause mystérieuse vous vous êtes soudainement séparés. Il a fallu néanmoins qu'elle fût bien puissante, car l'amour ne doit pas naître et mourir vulgairement dans vos cœurs.

—Eh, mon Dieu ! me suis-je écriée, ne sais-tu donc pas que les hommes même les plus hautement doués sont orgueilleux et mauvais, et que leur amour n'est qu'une tyrannie. Crois-tu qu'ils savent mieux aimer, ces élus de la foule que le monde acclame, que les femmes accueillent, qu'un cœur humble dont vous êtes seule la puissance et la joie ? — Tu ne les connais pas, ces âmes altérées qui ne vous attirent à elles que pour vous absorber tout entière, et qui, jalouses de leur puissance, considèrent comme un droit de l'exercer despotiquement. C'est alors une lutte perpétuelle entre ces deux cœurs faits pour s'entendre. L'irritation envenime les moindres blessures, et bientôt, à la place de deux êtres souriants et heureux, vous n'avez plus que deux ennemis dont chaque regard est une provocation et chaque parole un défi.

—La femme doit être soumise, a murmuré tout bas Marie.

— Oui, car moins intelligente que l'homme, elle doit le regarder non comme son maître, mais comme son guide. — On baise la main qui vous aide, on mord celle qui vous commande.

— Pour moi, j'ai toujours rêvé de trouver dans l'homme que je devais aimer un maître et un dominateur. J'aimerais la peur que m'inspirerait sa colère...

— Le jour où ton amant te défendra le bal, la valse, les robes à effet et les courses à cheval, il ne sera plus ton maître, mais bien ton bourreau, ai-je répondu en haussant les épaules.

Elle s'est mise à rire.

—Je n'ai encore obéi qu'à un tyran, a-t-elle dit : c'est la mode, dont les caprices, sans cesse renaissants, m'ont toujours trouvée fidèle.

Et là-dessus elle a fait bouffer sa robe et a renversé son chapeau sur ses épaules.

J'ai souri en regardant la folle toilette de la jeune femme, puis je me suis levée pour aller rejoindre mes invités.

— Puisque te voilà de nouveau des nôtres,

a-t-elle repris, viens chez moi passer quelques jours; nous aurons de belles chasses, beaucoup de monde et des distractions. J'ai invité George de B.... Mais il a, je crois, l'intention de faire un long voyage. — C'est du moins le prétexte qu'il a pris pour refuser mon invitation.

— Moi, je l'accepte; je partirai demain avec toi. Ma sérieuse folie a besoin de ta joyeuse sagesse.

—N'oublie pas les robes de bal, me cria Marie, qui se dirigea du côté des rosiers blancs où Octave était assis, tandis que moi, voyant chacun occupé à son gré, je montai dans ma chambre pour vous écrire ce long bavardage.

A MADELEINE.

Quoi, vous sortez ! quoi, vous allez dans le monde !... Vous avez donc rouvert à la foule banale et curieuse ce cher sanctuaire où je vous voyais toujours, comme vous étiez autrefois, gardant vis-à-vis de tous une hautaine attitude! — Ils l'ont profanée, cette demeure! Ils me les ont gâtés, mes fidèles souvenirs... Ah! c'est vraiment maintenant que Madeleine est morte!... Une femme nouvelle est venue s'emparer de sa beauté, son enveloppe est plus brillante, mais moins belle que l'était celle de ma chère maîtresse...

Qu'avez-vous fait, imprudente?... qu'avez-vous besoin de ces stupides hommages et de ces plates ovations qui entourent les femmes à la mode? — Votre fierté dédaignait autrefois ces triomphes faciles; — vous aviez une plus haute idée de vous-même, quand vous auriez voulu mettre un masque sur votre visage pour le dérober aux regards curieux des passants. — Cela vous semblait une profanation, pis que cela, un vol fait à celui que vous aimiez. Et voilà maintenant que vous attirez chez vous ceux que vous méprisiez autrefois! Vous avez sans doute quitté ces nobles vêtements, ces coiffures que votre amant aimait tant à vous voir porter; vous les avez remplacés par ces chiffons odieux que la mode proclame. — Non, non, vous n'êtes plus ma Madeleine; celle que j'aime est bien morte en me donnant toute sa jeunesse et toute sa beauté ; je l'ai ensevelie dans le coin le plus mystérieux de mon cœur. Je ne veux plus aimer qu'elle, et je ne vous reverrai jamais, vous qui pourriez m'abuser par une fatale ressemblance !

A GEORGE.

Grand Dieu ! dois-je donc m'ensevelir dans un cloître ! Suis-je faite pour lui, que vous me grondez d'une si maussade façon ? Faut-il donc que je renonce à tout ? A défaut de l'amour dont j'avais fait le bonheur de ma vie, ne dois-je pas me créer d'autres plaisirs, éphémères sans doute, mais qui me sortiront de cette languissante paresse dans laquelle je suis si longtemps restée ensevelie. — Ce matin je me suis approchée d'une glace, et j'ai eu un moment d'orgueil en me voyant encore si jeune. J'ai souffert longtemps, longtemps je me

suis obstinée à chercher le but que nous pour-
suivons tous et que nous n'atteignons jamais, à
travers les sentiers ardus de la passion, et ce n'est
que quand je suis retombée sans force sur mes
genoux, que je l'ai abandonné, non sans regrets,
car l'Espérance, au détour du chemin, me souriait
timidement; mais ce sourire était un mirage. La
trompeuse qu'elle est ne m'abusera plus par ses
enivrants mensonges et ses coquettes promesses.

Je ne sais si je n'ai pas l'âme créée pour l'amour.
Peut-être l'ai-je mal compris ou lui en ai-je demandé plus qu'il ne pouvait donner. Je rêvais
une union si parfaite, une entente si douce, un
dévouement si absolu, et je n'ai trouvé que trans-
ports jaloux et amoureux égoïsme. O George!
lorsque je considère mon passé, il me prend
des envies soudaines de me laisser mourir, mais
l'avenir m'effraye encore davantage. — Je me
sens l'âme dévorée d'amour pour l'amour; j'ai
pour lui les rages de l'impuissance. — Pleurez
sur moi, vous que j'ai appelé mon bien-aimé; —
je n'ai jamais aimé, je n'aimerai pas!...

C'est en vain que je sonde mon cœur, que je
l'interroge. J'évoque les types les plus parfaits,
et je sens que, même au sein de leur possession,
mon âme tomberait en défaillance, et que les pas-

sions mauvaises envahiraient soudainement mon pauvre amour. Je voudrais trouver une main qui n'eût jamais serré que la mienne, des yeux qui n'eussent regardé que moi. Je voudrais une si entière, une si complète virginité d'âme et de corps, qu'un ange même ne pourrait me satisfaire.

Mais quand même ce rêve impossible se trouverait réalisé, je le sens avec effroi, le spectre du passé se lèverait alors dans mon âme, et ma force s'évanouirait, et je m'enfuirais loin de ce radieux amour que j'aurais invoqué.

Oui, George, votre Madeleine est morte. Pleurez-la, puisque vous l'avez aimée... Mais une nouvelle Madeleine est née dans cette année d'angoisse, et, plus désolée mille fois que votre ancienne maîtresse, elle vient à vous en vous tendant les mains... Pourquoi la repoussez-vous ?... Ne pouvez-vous l'aider d'une fraternelle tendresse ? A ce cœur avide, un mot suffit... Laissez, laissez-la courir le monde et les fêtes, laissez-la convier la foule au festin de sa beauté; plus de voile sur son front !... Que les vêtements flottants des nymphes remplacent la chaste tunique des Muses !... J'ai renversé l'autel de ce dieu inconnu qui me troublait sans me satisfaire !... Viens, Amour païen, fils de Vénus, dieu que l'on fit avec des ailes ; viens, je t'invoque et je veux te servir !...

George, j'ai l'âme déchirée, ne me consolerez-vous point ?... Enseignez-moi le bonheur, dites-moi où il est, ce rêve de ma vie ?... J'ai là, en face de moi, une robe de bal que je vais mettre, car on danse ce soir. Je me suis jetée tout à l'heure sur ces dentelles, et j'ai caché ma tête en feu dans cette parure de fête... Je donnerais ce bal, ces diamants, ces perles pour un seul mot d'amour vrai, pour une seule larme sincère... O ma confiance, qu'êtes-vous devenue !...

Marie vient d'entrer dans ma chambre et de m'interrompre. Elle m'a semblé être inquiète et nerveuse ; elle a voulu savoir ce que j'écrivais et pourquoi j'avais l'air triste. Je vous ai nommé. La sérénité a reparu sur sa jolie figure, et elle a fait de vous des éloges enthousiastes. Puis, tout à coup, elle s'est écriée :

— Mais pourquoi donc ne l'aimes-tu pas ?...

— Le comte George est mon meilleur ami, ai-je dit, légèrement choquée de cette brusque interpellation.

— Tu es une coquette, m'a-t-elle répondu, et de la pire espèce... Tu veux être adorée et n'aimer personne à ton tour.

— Oui, je suis une sorte de bourreau des cœurs, ai-je répliqué en riant.

— Tu te fais tellement dédaigneuse et fière, que tous les hommes ambitionnent la possession de cette âme altière. Ils négligent, pour cette difficile conquête, celles qui, plus tendres, laissent deviner leur désir d'être aimées... Tu as finement compris le monde, ma chère; tu t'es adressée à l'amour-propre, à la vanité, à l'orgueil. Ces puissants auxiliaires aideront bien ta beauté, et tu seras reine!...

— Mais tu es folle! ai-je repris presque en colère, je n'ai point fait ces calculs que tu me prêtes; et si mon cœur est réellement trop fier pour se laisser deviner; si je le fais impénétrable, ce n'est point avec le vulgaire désir de servir de but à un steeple-chase que je trouve ridicule et humiliant pour la dignité de la femme. Si je croyais qu'une semblable pensée pût entrer dans une autre tête que la tienne, je m'enfuirais de nouveau dans ma solitude, avec le regret profond d'en être jamais sortie!

Marie s'est jetée à mon cou.

— Pardonne-moi, m'a-t-elle dit avec des larmes dans les yeux. J'ai été mauvaise, mais mon cœur démentait en secret le vilain langage de mes lèvres... J'ai tellement entendu vanter aujourd'hui ta grâce et ta beauté, que j'ai cédé à un stupide mouvement d'aveugle jalousie, que je te supplie d'oublier.

Je lui ai tendu la main, puis, l'attirant près d'une glace:

— Mon enfant, lui ai-je dit, regarde à côté de tes joues roses, de tes yeux purs, ce visage pâli et ces traits fatigués?...

— Il est certain que je suis jolie, a-t-elle repris en lissant avec modestie ses beaux cheveux blonds; mais toi, tu es si belle !

Puis, contente de son examen, elle a voulu procéder à ma toilette... Ma femme de chambre avait oublié la coiffure... La pauvre fille était peu habituée à me parer... Mais son étourderie s'est trouvée réparée par un magnifique bouquet de fleurs sauvages que le duc Octave vient de m'envoyer.

J'ai improvisé avec cette gerbe de fleurs une couronne semblable à celle de la pauvre Ophélia de Shakspeare.

Nous sommes enfin descendues au salon. Il y avait du monde, mais au milieu de cette cohue, je n'ai guère aperçu que le jeune Octave, mis avec une réelle élégance; j'ai fait avec lui le tour des salons, mais bientôt, fatiguée de l'éclat des lumières, j'ai fait apporter mon burnous, désirant faire une promenade dans le parc, splendidement éclairé par une lune admirable. Nous sommes sortis ensemble. La journée avait été accablante ; la soirée, toute tiède, ressemblait beaucoup à une soirée que j'ai aimée... Quelques étoiles brillaient, radieuses à l'horizon, sur le fond sombre du ciel. — Vous l'avez oublié, George, mais pour moi il y avait quelque chose de si *vivant* dans l'air, que je ne pus me décider à abandonner ce spectacle. — Octave ni moi nous n'échangions aucune parole, mais je me sentais en parfaite harmonie avec lui, et il ne gênait en rien ma rêverie. J'aurais demeuré là longtemps, si Marie ne fût venue me chercher. Elle était contrariée de me voir abandonner sa fête, et a fait tomber sa mauvaise humeur sur Octave.

— Viens, m'a-t-elle dit, je veux que tu danses, je veux que l'on t'admire... Laissons ce rêveur conter aux étoiles ses mystérieuses amours... Allons vivre, nous qui sommes *humaines* et qui ne cherchons point au delà du monde réel nos espérances et notre bonheur.

Là-dessus, elle m'a entraînée, et après quelques heures passées au milieu de ce tumulte, je me suis retirée chez moi vraiment accablée de fatigue.

A MADELEINE.

Pauvres heures enfuies, mais dont la mémoire m'était chère, vous n'étiez que mensonge !... Madeleine vous renie, et je dois maudire jusqu'à votre pensée !...

Quoi ! rien ne devait rester de ces paroles que je croyais éternelles ?... Quoi ! pas même leur souvenir ?...

Ce passé, ce monde d'autrefois où mon âme aimait à se réfugier loin des fatigues des jours présents, loin des ténèbres de l'avenir, tout cela est détruit, et je vous perds, Madeleine, je vous perds pour la seconde fois !

Bien souvent, au milieu du silence des nuits, j'ai entrevu dans mes rêves un pays enchanté. Je me promenais sur de belles allées de mousse et sous le feuillage mystérieux des grands arbres. Mais j'aimais surtout à m'asseoir auprès d'une fontaine abritée par un rocher d'où pendaient de grands festons de lierre. Hélas! je la croyais à l'abri de toute atteinte, cette pauvre source, si bien cachée, où, à travers la brume, je voyais flotter doucement votre image. — Mais vous êtes venue, — et vous avez troublé ce pur miroir; en vain mes yeux vous y cherchent encore, je ne retrouve que des visions confuses dans cette eau troublée et frémissante.

Quel triste plaisir trouvez-vous ainsi à tout renier!...

Que votre âme est défaillante! quelle anxiété que la vôtre! quel désordre! quelle amertume!...

Ce n'est pas ainsi, Madeleine, qu'on rencontre ce que vous semblez désirer si ardemment. L'amour, comme le bonheur, ne visite que les âmes recueillies et ne souffre point qu'on le violente. Il veut, au contraire, qu'on s'accommode doucement à sa volonté. Que vous êtes loin de cette résignation! Au lieu d'attendre, vous vous levez... vous courez çà et là, votre lampe à la main; elle s'éteint, et vous criez: Ténèbres!...

Vous vous trompez encore quand vous vous

obstinez à chercher ici-bas quelque chose de parfait... L'amour même en est bien loin, et il n'est point de plus funeste danger que de se créer un type exagéré de bonheur. Malgré soi, on le poursuit dans la vie; fasciné par cette séduisante image, on cherche sans cesse; on cherche même après avoir trouvé, et on se perd de plus en plus...

Ce dieu inconnu dont vous parlez n'a plus d'autel, et il n'a jamais eu d'adorateurs. Il est au delà ou du moins en dehors de notre nature, au lieu que l'amour s'y rattache, même par ces défauts et ces misères, par ces brusques alternatives, ces retours subits qui sont comme les aliments de son inquiète nature...

Et vous dites que vous n'avez pas aimé!... Ne criez pas, si vous voulez nier la blessure!... Oui, vous avez aimé, vous aimerez encore et vous souffrirez, car c'est le partage de ceux qui aiment. —Dieu veuille que vos souffrances soient fécondes et que, semant dans les larmes, vous récoltiez dans la joie!...

Je suis revenu voir mes amis de Vénasque; je les ai trouvés tristes et inquiets. La jeune Irène s'était blessée au pied en sautant de rocher en rocher, comme une gazelle effarouchée. J'avais apporté des livres, et par respect et affection pour mes bons hôtes, je me suis fait un devoir d'amuser la jeune captive, qui jette sur les montagnes de longs regards de convoitise. Cette enfant est singulière. Je l'ai attentivement regardée ce matin, et je l'ai trouvée d'une surprenante beauté. Elle a surtout, dans l'air du visage et dans la pose du corps, une chasteté, une grâce, une harmonie presque divines. Ses yeux sont ceux d'un enfant confiant et heureux : les larmes n'y laissent point de traces. Elle rit comme je n'ai jamais entendu rire personne; c'est quelque chose de si frais, de si argentin, que je me plais à écouter ces doux éclats comme le chant d'un oiseau. Elle ne ressemble en rien aux jeunes filles que j'ai connues, qui me semblaient toutes des femmes. — Celle-ci est bien une vierge avec ses beaux grands yeux bien ouverts et son maintien pudique. — Sa beauté ne trouble point les sens, elle parle à l'âme un chaste langage. Je ne saurais guère classer son type : on l'a vu quelque part, mais on ne saurait dire où; peut-être dans nos rêves, quand Dieu nous en envoie de bons.

A son âge, on devait deviner en vous, sous les voiles de la candeur, la femme près d'éclore. Votre nature impétueuse devait colorer votre virgi-

nité, comme on entrevoit dans une lampe d'albâ-
tre la lueur de la flamme cachée. Dans l'azur
de vos yeux, dans le pourpre foncé de vos lèvres,
dans la richesse de vos contours, on sentait débor-
der l'amour, la force et la jeunesse. Irène est
d'une nature moins tourmentée. Elle sera chaste
avec son enfant sur ses genoux comme elle l'est
aujourd'hui dans les bras de sa mère... Elle ne
connaîtra point, comme vous, les tortures de la
jalousie, les morsures du soupçon, les défaillances
de l'âme. On ne la verra point courir après son
idéal, mais elle l'attendra paisiblement dans la
paix de son cœur... Elle n'aura qu'un seul amour,
cette vierge, et celui qui la baisera au front sera,
je le jure, saintement aimé!... On peut hardiment,
les yeux fermés, lui remettre le soin de son bonheur : elle ne le troublera point, elle ne s'agitera
pas comme hors d'elle-même : elle ne tendra point
vers le ciel des mains désespérées... mais elle sera
recueillie, attentive, et s'appellera Dévouement et
Résignation.

Heureusse sont les âmes que la paix habite! elles
répandent autour d'elles une salutaire influence
qui apaise lentement les vagues de notre esprit et
les dissipe. La Vierge, avec ses yeux limpides et
son naïf sourire, vous fait rêver de joies divines et

immatérielles. La pensée même la plus audacieuse ne pourrait effleurer ce blanc vêtement d'une curiosité profane... On vit près d'elle comme près d'un bel ange qui va vous raconter du ciel les sereines beautés. On oublie la terre et ses joies mauvaises et ses tristes amours !

Adieu, Madeleine ; j'ai bien souffert pour vous et par vous... car je vous ai aimée comme on n'aime qu'une fois. Je vous avais donné mon cœur tout entier, et lorsque j'ai voulu le reprendre, je n'ai retiré que des lambeaux sanglants et inanimés.

Vous auriez à me rendre un compte sévère. Mais j'ai trop souffert pour ne pas être généreux. Madeleine, donnez-moi la main, je vous pardonne, moi ; mais quelqu'un reste entre nous, qui sera impitoyable à me venger : le Temps !...

MADELEINE A GEORGE.

Oui, c'est bien vrai que je suis une folle... que je m'épuise en vains efforts pour atteindre une ardente chimère... qu'à cette course insensée, mon intelligence s'use, ma beauté se perd, mes facultés s'éteignent... que ma jeunesse stérile prépare à mon âge mûr une solitude désespérée; mais que puis-je contre mes passions?... elles sont maîtresses chez moi; j'ai beau crier, elles me dominent, elles m'emportent, elles me jettent dans leurs orageux chemins!

Je suis née avec deux sentiments égaux en force. Le premier est l'amour de l'indépendance, le second un immense désir de bonheur. Avec ces deux éléments, homme j'aurais soulevé le monde; femme, je n'ai réussi qu'à briser mon bonheur de mes propres mains.

George, vous m'en voulez, je le sens; l'affaissement momentané qui succède toujours à une passion, vous fait croire que votre cœur est mort désormais; vous m'accusez d'avoir éteint cette flamme, et tandis que vous désespérez de voir ses dernières lueurs disparaître, vous ne voyez pas se lever à l'horizon une pâle clarté qui me semble être l'aurore d'un nouvel amour...

Dites, si vous l'osez, que je me trompe! Dites que vous n'aimez point cette fille aux regards pudiques plus que jamais vous ne m'avez aimée... Est-ce moi que l'on peut abuser de la sorte?... Si

vous me pardonnez, homme plein d'orgueil, c'est
que vous vous sentez coupable ; c'est que vous êtes
honteux vous-même de la fragilité de vos impressions !...

Les voilà donc, ces amours superbes que vous
élevez si haut !... Avec quel mépris vous contem-
pliez les pauvres cœurs incertains, les âmes chan-
celantes !... L'amour est fort, disiez-vous, l'amour
est éternel. Dans les natures vigoureuses, il prend
de si profondes racines qu'il faut briser le cœur
pour le détruire... Fi de ces âmes banales qui
tiennent leurs portes ouvertes et qui, avides
d'émotions, vont guettent sans cesse de nouvelles amours ! — L'amour est unique, — personne ne peut le méconnaître. — Il est grave, —
il est sévère, — il a reçu à sa naissance un bap-
tême de larmes ; lorsqu'il s'empare du cœur d'un
homme fort, c'est sa vie dont il a pris possession ; la trahison, l'absence, les événements
les plus contraires ne sauraient lui ôter sa
place !

O absurdité humaine !... un œil bleu, une bou-
cle blonde, ont fait évanouir ces principes aus-
tères. Le philosophe n'est plus qu'un écolier,
l'homme au cœur profond, qu'un enfant mobile
qu'une vierge fera rougir !... Il jurera tout à

l'heure qu'il n'a jamais aimé, parce que l'amour est immortel, et parce que le sien est mort dans son âme débile... Ah! traître, c'est avec ces mêmes lèvres trompeuses que tu vas lui prendre sa vie!... Je voudrais que sa chasteté y reconnût les baisers que j'y ai laissés!...

Mon Dieu, préserve-moi!... Mon Dieu, sauve moi!... Me voici à genoux, baignant de pleurs tes pieds sacrés, comme la Madeleine!... Pourquoi m'as-tu donné, ô Seigneur, cette soif effrénée d'impérissables amours?... Pourquoi ai-je en moi ce terrible idéal dont je ne puis retrouver l'image? car je l'ai vu, je l'ai aimé, je sens encore les frissons de ses caresses, j'entends les harmonies de sa voix... Il me poursuit dans mes veilles, il oppresse mon sommeil, il le peuple de visions. Pourquoi me l'as-tu repris, Dieu juste! ce bien-aimé que mon âme rappelle? Dans quel monde mystérieux ai-je entrevu cette forme parfaite dont le souvenir me trouble et vers laquelle je tends les bras?... -Quels fleuves faut-il traverser? quelles cimes dois-je atteindre pour te retrouver, ô image céleste que j'ai au fond du cœur?...

C'était lui, c'était lui la cause de mes tristesses, de mes accablements, de mes défaillances!... C'était ses caresses que je cherchais dans vos bras...

c'était son amour que je demandais au vôtre, et que je m'irritais de ne pas trouver !...

Quelquefois pourtant, lorsque je regardais votre beau visage pâli par l'étude, vos yeux fatigués par la pensée, je me disais dans un secret élan : *C'est lui !* Mais, hélas ! bientôt cette fugitive ressemblance disparaissait, et je ne voyais plus en vous que l'homme à la vie duquel j'avais attaché mon existence, et qui, abusant des droits que lui avait donnés un moment d'erreur, me volait les trésors de mon bien-aimé. Qu'importe que j'aie déjà possédé mon idéal ou que je doive le trouver un jour ?... Que j'aie pressenti ou que je me souvienne, je n'en suis pas moins la plus désolée des créatures humaines ?... Oh ! si j'avais pu arracher de mon faible cœur toutes ces trompeuses images... toutes ces fausses idées d'une perfection irréalisable !... Si j'avais seulement pu me croire *aimée*... car c'est l'amour que j'aime, c'est l'amour vers lequel je tends des mains suppliantes ! mais il s'est détourné de mon chemin, il m'a laissée seule.

Dites-moi comment il se fait que jeune, belle (je l'étais), aimante, je n'ai pu encore inspirer que ces légers caprices dont l'aveu seul déshonore une femme ?... Je sais que vous me répondrez que vous m'avez ardemment aimée ! Pauvre

George!... comme je savais mieux que vous quels sentiments remplissaient votre âme! Il y avait de la tendresse, de l'affection, de la curiosité, de l'entraînement, puis une douce habitude, mais vous n'éprouviez point d'amour...

Il m'est souvent arrivé de blesser par d'injustes paroles votre cœur, ou d'exciter votre jalousie. Savez-vous pourquoi? c'était afin d'analyser les impressions que vous éprouveriez, et afin de savoir si de vos souffrances ne jaillirait point le cri suprême de cet amour que j'attendais.

Mais mon attente a été vaine. Vous n'avez rien su de mes luttes, de mes désespoirs. Vous aimiez mieux les attribuer à un caprice de femme nerveuse, que d'en chercher la cause morale. Et lorsque, après plusieurs années passées ainsi, le visage calme, mais le cœur ému, j'ai tenté cette dernière épreuve de vous redemander ma liberté, vous m'avez quittée avec une tristesse banale et résignée qui a bouleversé tout mon être... Ah! George!... j'avais espéré que dans cette émotion soudaine vos lèvres se descelleraient et que j'entendrais enfin retentir dans mon âme avide ce mot révélateur... Comme je serais tombée à tes genoux! comme j'aurais baigné tes chères mains de douces larmes! comme j'eusse été folle dans ma joie!..

comme j'eusse chanté : « Réjouissez-vous avec
moi, filles de Jérusalem, car j'ai retrouvé mon
bien-aimé !... »

Adieu, George. Je ne vous en veux pas de n'a-
voir pas su aimer votre pauvre Madeleine. Aux
hommes préoccupés de grandeurs humaines, il
faut de tranquilles amours... Vous aviez bien le
temps, en vérité, de déchiffrer cette énigme !...
Vous méditez longuement sur les hommes, vous
vous penchiez sur l'océan populaire pour en écouter les rumeurs, vous êtes attentif aux misères
de la terre, et je voulais que vous pussiez lire
dans ce cœur mécontent !... Il est vrai que peut-
être vous y eussiez trouvé le bonheur, mais pour
les ambitieux ne vaut-il pas mieux la gloire !...

Cette belle Irène ne sera pas jalouse. Elle ne se
lèvera point d'un pied furtif, la nuit, pour éteindre
votre lampe et brûler vos papiers. Elle s'assoira
tranquillement dans votre cœur et se rangera
pour faire place à l'ambition.

O mon Dieu ! que je voudrais être aimée uni-
quement !... Si cet amour pouvait naître dans le
cœur d'un homme disgracié de la nature, fût-il
Caliban ou Quasimodo, je l'accepterais avec reconnaissance ! Est-ce bien vrai cela ? Hélas ! non, car
j'ai le culte passionné de la forme et je ne vou-

drais pas d'un amant aux grosses mains, fût-il le plus amoureux des hommes.

Adieu. Je quitte Notre-Dame des Prés : la solitude et le désœuvrement sont mauvais à mon âge, mais j'ai horreur du travail. Il m'a toujours semblé une lourde punition que mes forfaits ne méritaient pas... C'est déjà un avant-goût du ciel que de rester nonchalamment couchée à voir passer sa vie.

Où vais-je? je ne le sais! Je vais tâcher *de croire, d'espérer et d'aimer.*

MADAME MARIE D'HAUTERIVE A GEORGE.

Madeleine vous dit-elle qu'elle part pour l'Italie avec Octave?

GEORGE A MADELEINE.

Il y a deux sortes de pudeurs : celle du corps et celle de l'âme. Vous qui voilez si soigneusement vos épaules et vos bras de neige, pourquoi étalez-vous avec le cynisme le plus inouï les plaies de votre âme malade? Savez-vous ce que disent vos phrases passionnées, vos colères amères?... Elles crient que votre cœur est impuissant, et qu'une imagination ardente, centuplée par la plus énervante oisiveté, lui prête seule des désirs sans nom. Elles disent que votre tête brûle au feu de ses propres paroles, mais que ce cœur si avide d'amour n'est qu'un froid égoïste incapable de vrai dévouement et de passion sincère.

Oh! je vous connais bien, Madeleine!... Vous avez une admirable beauté, une intelligence d'élite... mais vous possédez aussi une de ces natures impétueuses et absorbantes qui veulent tout étreindre pour tout consumer, et qui sèment le désordre sur leur passage. Vous êtes dévorée plus

que le plus ambitieux des hommes de la soif de
régner, non pour le plaisir vulgaire d'imposer
vos volontés, mais afin de constater votre puissance. Ce n'est pas un amant, un protecteur, un
ami qu'il vous faut, c'est un esclave. Mais comme
au milieu de toute cette déraison, il vous reste
encore un sens juste des choses vraies, vous mé-
priseriez l'homme qu'un fol amour de vous-même
conduirait à l'oubli de sa propre dignité. Vos douleurs me paraissent être comme les vapeurs de
votre oisiveté, car le travail que vous méconn-
naissez a cela de bon, qu'il chasse les molles pensées et débarrasse la tête et le cœur de tous ces
mauvais esprits que la nonchalance, en laissant la
porte ouverte, fait pénétrer avec elle. Il semble
que nous trouvons à fatiguer notre esprit et notre
corps une douloureuse jouissance, et que le travail, par une chose étrange, ait été donné à
l'homme à la fois comme punition et comme ré-
compense.

Désormais vous me permettrez de cesser une
correspondance que votre nouvelle position rend
inutile, car j'aime à croire que vous ne me pren-
driez pas pour confident de votre bonheur. Cet
état perplexe dans lequel était votre âme m'indi-
quait assez, du reste, qu'un nouveau sentiment l'a-

gitait. Je ne vous ferai pas de reproches de votre marque de sincérité à mon égard, je ne vous étais rien, je n'avais donc nul droit à votre confiance.

Je m'étais promis en commençant ma lettre de vous laisser ignorer que je savais votre départ pour l'Italie, et que je connaissais dans quelles conditions il se faisait... mais je n'ai pu complétement renfermer mes sentiments dans mon âme. Je ne vous dirai pas que je souffre, que je vous pleure, que je vous aimais, que jusqu'à ce jour je vous attendais à toute heure, non, ces choses-là sont fausses, mais il est bien vrai que je suis profondément humilié... Quoi! pas même six mois entre nous deux!... Il ne vous restait donc rien dans le cœur!... Vous étiez bien pressée d'aimer... mais vous trouverez votre châtiment dans votre faute même. L'isolement vous attendra, car, je le sens et vous le sentez aussi, vous ne *l'aimerez* pas longtemps. Il est jeune, il est beau, il vous adore, c'est l'amour de cet enfant que vous aimez, mais votre cœur n'est point ému... Vous vous demandez avec rage pourquoi vous ne pâlissez pas comme lui, pourquoi, vous n'éprouvez pas ce qu'il éprouve, pourquoi lorsque vous lui abandonnez votre main, vous ne sentez plus ces émotions divines qui lui font oublier la terre à vos pieds !... Pourquoi ? Parce que votre âme a tout dévoré, tout ressenti d'avance, tout épuisé... Parce que vous voudriez les émotions d'un cœur vierge et que le vôtre ne l'est plus.

Bientôt cet amour auquel vous vous êtes si légèrement livrée vous importunera. Vous fuirez loin de lui, mais son souvenir restera comme un remords, car vous aurez troublé pour la vie une âme pure et sincère. Malheur à la femme qui abuse de sa beauté, de son intelligence ! Elle passe comme un fléau sur le monde, son âge mûr est sans respect, sa vieillesse est isolée !.,.

Lorsque vos beaux cheveux auront blanchi, lorsque l'azur de vos yeux sera terni par les larmes, que vos joues seront creusées et votre corps parfait amaigri... dites-moi, qui reconnaîtra alors Madeleine ?... Ceux qui l'auront aimée lui crieront : « Va-t'en, spectre menteur, tu n'es pas notre jeune maîtresse. Où est cette grâce ? où est cette beauté, ce divin sourire qui nous enivraient ? » Et, voilant alors votre visage de vos cheveux blancs, que nul ne respectera, vous vous enfuirez épouvantée...

Si vous aviez donné votre vie à un seul, la vieillesse eût pu vous prendre dans ses bras glacés et vous marquer au front, vous eussiez été

éternellement aimée... éternellement belle... Il
eût toujours vu en vous l'éclat de sa jeunesse,
la poésie de ses souvenirs; le doux fantôme de
vos belles et sereines amours vous aurait ac-
compagnés à la tombe, et vous auriez pu envisa-
ger sans effroi cette sombre demeure, puisqu'elle
vous eût abrités tous les deux.

Mais, allez, allez, femme imprudente ! ma voix
ne peut déjà plus vous arrêter sur ce chemin où
vous courez si follement. Je ne peux que former
ici un terrible, mais sincère désir : c'est que la
mort vous prenne dans votre beauté et vous dé-
livre des dégoûts de la décrépitude et des épou-
vantements de la vieillesse.

MADELEINE A OCTAVE.

D'une petite ville d'Italie.

Je vous défends de me suivre... Retournez chez
vous ou prenez une autre direction... Vous con-

naissez mon itinéraire, évitez les villes où je dois m'arrêter. Je ne veux plus que mes yeux tombent sur votre pâle visage.

Qu'ai-je fait?... Est-ce que je vous aimais, moi?... Qui vous avait donné le droit de me parler de votre amour, de me faire y croire ?... Vous avez été bien audacieux, et moi bien coupable !

Vous ne comprenez donc rien ? Vous n'avez donc pas lu dans mon âme ? Vous ne savez donc pas le mal dont je me meurs ?... Fou ! qui croyait que je l'aimais, parce que je me laissais bercer par ses mots de feu, parce que je lui abandonnais mes mains tièdes encore des lèvres d'un autre !... Ah ! vous n'avez rien compris, rien deviné, vous qui m'aimez pourtant !

Par quelle fatalité étrange en suis-je venue, moi qui ai horreur des lèvres menteuses, à me tromper moi-même ? Dans quel but ai-je joué vis-à-vis de ma propre personne cette épouvantable comédie ? Pourquoi, lorsque vous me demandiez mon amour, ne vous ai-je pas tendu ma main, en vous disant, dans la sincérité de mon cœur : « J'aime. »

Écoutez-moi. Je vous dois une explication; je ne sais si elle sera claire; mais que votre intelligence supplée à ce qu'elle aura de décousu.

Il y a deux ans, je rencontrai George... Dès ce jour, l'amour le plus ardent s'empara de moi... Mais une jalousie inouïe, une défiance sans excuse pénétrèrent avec cette passion dans mon âme. Je l'aimais à donner mille fois ma vie pour lui, mais je l'aimais avec tant d'âpreté, que mon amour perdit en charme ce qu'il gagnait tous les jours en profondeur. Je mis autant de soin à lui cacher l'état de mon âme que si j'eusse été coupable. Je riais de l'amour, je feignais l'indifférence alors que mon cœur était impuissant à contenir tant de tendresse. Je sentais que si jamais ce secret s'échappait de mes lèvres, c'était fini de mon individualité et que j'allais être absorbée par cette âme dont je n'étais pas sûre. Je lui fis subir mille épreuves qui amenèrent le même résultat. George m'aimait, je n'en pouvais douter. Mais que son amour était loin de ressembler au mien !... Toujours calme, toujours grave, il opposait à mes emportements une sérénité que je maudissais comme la preuve de son indifférence. Sa jalousie, que je me plaisais à exciter dans mes mauvais jours, avait une forme froide et sardonique qui faisait bouillonner mon sang dans mes veines. Souvent, imposant silence à mes soupçons, je l'entourais d'amour, de tendresse calme et recueillie, mais bientôt ma folle nature reprenait le dessus, et j'imaginais des querelles sans nom et sans motif. Enfin, je m'appliquais à le rendre malheureux comme si je ne l'eusse point adoré, cherchant sur son front un signe d'impatience, sur ses lèvres une parole amère pour m'en faire une arme contre lui. — Un an s'écoula ainsi. — Nous eûmes de beaux jours, mais ils étaient rares, troublés sans cesse par mes changements soudains et par mes caprices inexplicables. George avait fini par croire que mon amour était mort de lassitude. Au lieu de le détromper, je l'encourageais méchamment dans cette idée, et je prenais plaisir alors à voir son visage s'attrister. Vous raconter les joies immenses que me causaient sa douleur serait impossible. Si j'avais pu le faire pleurer, j'aurais avec une joie sauvage contemplé ses larmes... Je déchirais ses meilleurs vers, je brûlais ses papiers, je cachais ses livres favoris, je ne voulais que moi seule dans cette âme profonde, et je m'épuisais dans une lutte constante et soutenue. Souvent. le soir, je riais de mes tristesses du matin, et je défiais le sort de m'y faire retomber, car le cœur est ainsi fait : il passe sans transition d'un excès d'abattement à un excès de confiance, et chancelle, comme un homme ivre,

d'un extrême à l'autre. Un jour que j'entrai dans
sa chambre, mes yeux furent frappés par un pa-
pier blanc tombé à terre. Je m'en emparai vivement : c'était une lettre décachetée et d'une écriture féminine. Sans doute, il l'avait laissée tomber
par mégarde. Je portai la main à mon front, j'y
sentis perler des gouttes de sueur. Le spectre du
passé se levait subitement dans mon âme... Qu'al-
lait-elle m'apprendre, cette lettre accusatrice ?

Je la retournai en tous sens; j'examinai curieusement sa forme, l'écriture élégante de l'a-
dresse. Je n'osais l'ouvrir. Je la posai sur la
table; elle me brûlait les doigts... Puis, je la repris et l'ouvris brusquement. Mais la pensée que
j'allais peut-être détruire à jamais mon bonheur
me retint. Je rejetai loin de moi la lettre tenta-
trice et me mis à pleurer... Je ne pouvais déta-
cher mes regards de ce misérable chiffon, qui,
tout ouvert et pour ainsi dire béant devant moi,
m'attirait comme l'abîme. Il me fallait toute la
force de ma volonté pour résister à cette attrac-
tion terrible. Oh ! j'en appelle à tous ceux que la
jalousie ou le soupçon dévorent! Ils connaissent
cette lutte désolante qui, peu à peu, use nos
forces, cette perplexité qui épuise les plus fiers
courages, ces irrésistibles impatiences qui nous

poussent à rechercher une certitude cruelle avec une âpreté que nous ne mettons pas à poursuivre le bonheur. La lutte fut longue, mais le mauvais génie l'emporta et je finis par lire, les yeux à moitié perdus, avec d'inexprimables sensations d'angoisse, la lettre toute maternelle d'une vieille amie de George.

Qui de nous n'a éprouvé, lorsqu'il aime, combien il en coûte souvent pour faire certaines choses en apparence simples et faciles? C'est que l'amour n'a point, pour comparer l'importance des événements, la même mesure que l'histoire. Tantôt il érige des bagatelles en grandes choses; tantôt il rabaisse des actes héroïques au niveau des actions simples ou vulgaires, se moquant sans cesse de la règle établie et tournant le cœur de l'homme comme il lui plaît.

Il y a de cela six mois, à bout de torturer ce cœur et de me torturer moi-même, sans être parvenue à savoir si j'étais aimée, un soir, j'imaginai une fausse confidence et dis à George, en lui prenant les mains, que son amour commençait à me lasser... que nous ne nous aimions pas comme je l'aurais désiré... « Je sens que mon cœur est mort, lui dis-je, il reprendra peut-être sa vie dans un nouvel amour. — Quittons-nous. » George devint

pâle, il me tendit les bras; il cria : «Madeleine!...»
Oh! que mon nom fut bien dit!... Je faillis tomber à ses genoux, mais, avide de pareilles jouissances, je voulus prolonger son trouble.   -

« Eh bien! quoi! repris-je, mais c'est la chose du monde la plus simple que je vous propose. Nous nous sommes aimés, nous ne nous aimons plus. Trop franche pour dissimuler, je vous le dis; ayons assez de goût l'un et l'autre pour nous éviter les récriminations et les injures. »

Cela fut dit sérieusement.

George se leva, me tendit la main, et me dit d'une voix émue :

— Pensez-vous ce que vous venez de dire, Madeleine, ou est-ce un jeu cruel ?

— Je le pense, répondis-je, sans accepter sa main.

.— Quoi! vous ne m'aimez plus!... Mais, mon Dieu! Madeleine, moi je vous aime plus que jamais!...

— Faut-il que je vous éclaire sur l'état de votre cœur? repris-je en riant d'un rire forcé. Eh bien! vous ne m'aimez pas!... Vous vous êtes habitué à cette vie à deux : elle a du charme, elle repose votre cœur qui a besoin d'affections, et qui n'aime pas à s'inquiéter du lendemain... Vous vous êtes déjà posé avec effroi cette question : *Où trou-*

verai-je une autre maîtresse?... Que de temps perdu à plaire, à chercher, à s'entendre ! celle-là était un peu fantasque, mais sa beauté et son intelligence plaisaient à mes yeux et à mon esprit... Au-dessus des lois de ce monde, maîtresse de sa destinée, elle pouvait associer sa vie à la mienne sans entraves... Je ne lui demandais pas de sacrifices, elle n'en exigeait aucun...

— Arrêtez ! Madeleine ! s'écria George, ne blasphémez plus, et puisque vous êtes assez malheureuse pour douter de moi-même, je vous plains... A quoi croirez-vous, bon Dieu !

— Je croirai à votre amitié, lui dis-je, si vous voulez me l'accorder.

George me prit les deux mains et m'attira vers lui.

— Mon enfant chérie, que vous ai-je fait ? me dit-il.

Je fus outrée de son calme. Il est évident qu'il prenait toute cette petite scène pour une bravade de ma part, et qu'il pensait que ma mauvaise humeur ne tiendrait pas contre quelques caresses.

— Vous ne m'avez rien fait, repris-je. Je suis fatiguée de demander à mon cœur plus qu'il ne peut donner. Je suis trop fière pour jouer plus longtemps ce rôle. Séparons-nous... Oublions que nous avons été de mauvais amants et devenez mon ami... Partez. Quittez-moi demain matin... Ne m'écrivez que dans deux mois... Ne me parlez jamais du passé et... adieu !

Je m'enfuis comme une folle dans ma chambre. Je tirai les verrous, et, me jetant au pied de mon lit, je versai d'abondantes larmes...

Le lendemain, lorsque le jour parut, je sortis de ma chambre et courus dans le pavillon du jardin qu'habitait Georges. Il était parti en me laissant une lettre où toute sa belle âme se peignait.

Une voix me criait de courir après lui, d'aller effacer par mes baisers et mes larmes le mal que j'avais fait. Je sentais qu'il n'était pas trop tard et que ce cœur clément me pardonnerait d'avoir péché par trop d'amour.

Mais mes mauvaises passions me retinrent... S'il t'aime, il reviendra, me dirent-elles... Sais-tu s'il ne désirait point cette liberté que tu as cru seule reprendre et que peut-être tu lui as rendue ?... Laisse-le agir. Tu vas maintenant le juger... Si tu allais te jeter à ses pieds, lui avouer tes incertitudes passionnées, il serait sûr de ton cœur ; mais toi, imprudente qui te serais livrée, connaîtrais-tu le sien ?

Ce sont ces perfides pensées qui m'égarèrent.

— J'attendis deux mois la première lettre de George. Elle était calme, elle était tendre, mais ce n'est pas ainsi que je l'aurais voulue. Ah! s'il m'avait vraiment aimée, cet homme au cœur fier, comme il aurait bravé ma défense, comme il aurait franchi tous les obstacles pour venir me prendre dans ses bras, me serrer sur son sein et me dire : Tu es à moi, aucune puissance humaine, pas même la tienne, ne peuvent désormais nous désunir. Je t'aime comme un fou, mais comme un maître... Je ne veux plus de tristesses, plus de larmes... Réfugie-toi dans mon amour, il te protégera, il te donnera le bonheur que tu n'as pas su trouver!...

Hélas ! hélas ! ses lettres étaient tendres, bonnes, ressemblaient à mon George, mais je n'y voyais point luire cet éclair révélateur qu'au risque de la foudre j'aurais voulu apercevoir... J'ai provoqué sa jalousie, j'ai renié mon amour passé, je me suis faite à plaisir sensuelle, coquette, enthousiaste, mais George n'a pas parlé !... Ah! Je le sens bien maintenant, il est perdu pour moi !... Une chaste fille au cœur pur et tranquille, belle comme les anges, l'aime d'un amour idéal... Il sera heureux. Et c'est moi, moi qui l'aurai poussé dans les bras de cette femme ! Ce sont mes mains qui auront détruit mon bonheur!...

Vous souvenez-vous, Octave, de la rapidité fiévreuse avec laquelle je résolus mon départ pour l'Italie? George venait de m'écrire, et j'avais compris que désormais je n'avais plus qu'à m'enfuir au bout du monde... Il aimait cette Iréna; je le sentis aux battements précipités de mon cœur, à mon trouble, à la poignante jalousie qui soudain s'éleva dans mon âme... Nous partîmes, et je volais comme un trait à Florence où Iréna venait d'arriver. Je voulais contempler, avant de me laisser mourir, cette heureuse fille. Ciel! qu'elle me parut belle!... Que la pureté, le calme, la confiance embellissent singulièrement une femme! Elle passa près de moi à l'église, sa robe effleura la mienne. Je faillis m'évanouir... Par un de ces brusques revirements fréquents dans ma nature, j'aurais voulu embrasser cette jeune créature, que l'instant d'auparavant j'aurais jetée sans remords dans le fond d'un ravin... Je sentais mes yeux se remplir de larmes; mon émotion fut si grande que je quittai l'église en chancelant. Vous savez dans quel état je revins à l'hôtel... On attribua cela à la chaleur du jour et à la fatigue du voyage, à une surexcitation nerveuse, et aucun de vous ne s'étonna... Une heure plus tard, le courrier de

France apportait des nouvelles de George. Il me croyait coupable... et sa lettre, sombre et menaçante, débordant d'amertume, fit passer dans mon âme toutes les joies du ciel... Il n'était pas question d'Iréna... Il l'avait oubliée pour sa pauvre Madeleine... pour lui jeter le dernier mot de reproche, le dernier cri du cœur... J'étais absorbée dans ces idées nouvelles, la nuit était venue sans que je m'en fusse doutée, et je ne vous entendis pas entrer dans ma chambre. Je crois que vous vous assîtes à mes pieds et que vous parlâtes longtemps. Je ne sais pas ce que vous me disiez, car je regardais les étoiles qui me parlaient de lui et me contaient leurs amours. Les âcres senteurs des plantes, la molle et chaude atmosphère, les bourdonnements des insectes, ces murmures incertains qui flottent entre le silence et le bruit, ce vague de la nature, les larmes que j'avais versées, tout contribua à troubler mon âme. C'était le rêve sans le sommeil. C'était ce moment figuré par le démon du midi dont parle l'Écriture, et qui rôde pour trouver sa proie. Mon ardente pensée avait quitté l'Italie et se reposait en France sous des ombrages parfumés... J'écoutais George... je le voyais... Il me tenait dans ses bras ; sa voix tant aimée me disait ces mots graves et passion-

nés que j'avais rêvé d'entendre... Il se mettait à
mes genoux et me couvrait de baisers et de larmes... Tout à coup je jetai un cri, je me trouvais
dans vos bras... vos lèvres avaient touché les
miennes. Que m'aviez-vous dit? que vous avais-je
répondu pour autoriser un semblable crime?...
Savez-vous de quelle hauteur vous m'avez fait
retomber sur la terre? Ah! malheureux enfant,
vous m'avez perdue!... Mais non... non... dites-
moi que c'était un rêve... que c'était bien sa tête
chérie que je serrais sur mon cœur... Dites-moi
que c'était lui, que ce n'était pas vous!... Oh!
mon Dieu, comprenez-vous maintenant ce que
vous avez fait? Pourquoi ne m'avez-vous pas
tuée, puisque vous m'avez pris mon bonheur?...

Oh! que je voudrais, au prix de toutes mes
larmes, racheter ce funeste moment! Voilà donc
où devait me conduire ce fol orgueil, cette sombre
défiance, cette soif insensée d'un amour impossible! Oh! mon âme, humilie-toi! tu n'as plus le
droit d'être fière, tu peux désormais devenir
la proie du premier venu!...

Je ne suis plus digne de lui... je ne suis pas
digne de vous. Le ciel a voulu me punir de ma
folle témérité; après avoir perdu George par ma
faute, je devais aller me jeter à ses pieds, implo-

rer son pardon, devenir sa servante -- Mais j'ai
voulu jouer avec l'amour. J'étais si forte et si
hautaine! Je ne redoutais rien des entraînements
des sens... ils me semblaient le partage d'une nature vulgaire, je n'avais rien à craindre d'eux! Je
l'avoue à ma honte, car cette confession est sincère de tous points, je ne vous aimais pas, mais
j'aimais votre amour. Je vous faisais souffrir
comme je souffrais près de George, et j'éprouvais
une douloureuse jouissance à rappeler mes souffrances par l'intensité des vôtres. J'ai commis, en
m'emparant de votre âme, un crime moral dont
je suis déjà punie. — J'ai peut-être bouleversé à
jamais votre existence, mais la mienne est aussi
perdue sans retour.

Pour moi, je renonce à cette lutte acharnée
après le bonheur... Je ne le mérite plus. J'ai bien
souffert depuis quelques mois ; ces derniers jours
ont comblé la mesure : il ne me manquait plus, pour
dernière humiliation, que de faillir moi-même.

Adieu, Octave... Je vous en veux mortellement,
et pourtant je vous supplie de me pardonner, car
vous êtes jeune, vous, vous aimez pour la première fois, et je vous ai fait verser vos premières
larmes... Oh! quel odieux tissu de faiblesse, d'a-
mour et de force sont les femmes ! Qui de nous

parviendra à nous expliquer?... Hélas! je ne le puis moi-même, moi qui suis la plus femme d'entre nous toutes.

Je vous en conjure : que je ne vous revoie jamais! — Votre vue me tuerait. — Je suis bien punie!... — Je fais à votre vengeance l'abandon de mon bonheur... Je passerai ma vie dans la solitude et le désespoir pour un instant d'oubli!... George sera heureux, tandis que moi je pleurerai ma faute... Qui viendra, quand je serai vieille, me tendre la main?... Qui pourrait me parler du passé?... — Personne. — Autour de moi la solitude que Dieu réserve comme un châtiment aux femmes qui ont éteint leur lampe avant la venue de l'époux!...

Si je vous ai écrit cette longue histoire d'un cœur jaloux, c'est qu'il est des heures troublées où nous avons besoin de mesurer par une cruelle analyse le chemin déjà parcouru et de compter les illusions enfuies. — La route que j'ai suivie est la plus mauvaise, car le nombre des fautes et des châtiments est bien grand! J'attends tout de mon repentir et de la miséricorde infinie de Dieu... Je lui remettrai bientôt, n'en doutez pas, un cœur meurtri par toutes les douleurs humaines. Celui qui a accueilli Madeleine repentante ne repoussera pas de son sein une autre pécheresse aussi coupable et aussi désolée !...

MADELEINE A GEORGE.

George, je suis à vos pieds !... J'ai été bien coupable, mais j'expie ma faute par le sacrifice de ma vie. — Je vous aimais ardemment, je vous aime de toute mon âme... J'ai voulu trop demander à votre cœur... Dieu ne permet pas des amours aussi absolus, car lui aussi est un Dieu jaloux... Il m'a châtié dans mon orgueil !

Un seul mot, George, me servira de confession. Je vous aimais ardemment, mais avec une telle jalousie, une âpreté si sauvage, avec un cœur si troublé que mon amour ressemblait à la haine. Ne me regrettez donc pas... J'eusse détruit votre bonheur, empoisonné votre existence. Je fusse allée à vos fêtes vous redemander mon cœur... à

votre chevet, j'aurais troublé la paix de vos nuits.
— Je comprends bien maintenant que vous m'aimiez !... que votre cœur était tout à moi et que
vous étiez sincère. — Mais un sombre démon s'a-
charnait après ma pauvre tête et la remplissait
d'étranges idées.—Vous m'aimiez comme on aime
une femme pure, une compagne choisie entre toutes, l'amie que votre cœur respecte, et j'aurais
voulu, dans ma folie aveugle, être adorée comme
ces filles dont j'entendais parfois raconter les scan-
daleuses amours... Votre chaste tendresse n'était
à mes yeux que de l'indifférence; je voulais les
émotions violentes de ces scènes odieuses où l'a-
mant lève sur sa maîtresse une main emportée...
Je voulais que votre regard me fît trembler, que
votre jalousie, semblable à la mienne, eût pour un
mot bouleversé le monde. — Je vous rendais votre liberté afin de vous forcer à être mon maître, à
vous entendre me dicter, de cette voix que chacun redoute, vos irrévocables volontés.

Mais vous étiez si bon, si tendre, si égal dans
votre humeur, que je m'irritais de n'avoir point
la puissance de soulever les vagues que je sentais
pourtant exister dans votre âme orageuse !

Vous le voyez, j'étais folle... et mieux vaut mourir comme vous désirez que je meure, dans toute

la splendeur de ma jeunesse et de ma beauté, que
de traîner dans quelque demeure ma sombre
vieillesse. — Votre dernier vœu sera accompli...
Que je suis encore heureuse de mourir de votre
main, — car c'est par votre ordre que je meurs,
mon George bien-aimé!...

Quoi! dira-t-on, la pauvre Madeleine est morte!..
Oh! ne la plaignez pas, vous qui savez aimer; sa
mort expiait une faute, elle sera pardonnée dans
l'éternité!...

Je veux, oui, je veux (c'est ma dernière volonté)
que vous sachiez jusqu'à quel point j'ai été coupable... Je vous envoie la copie d'une lettre écrite
à un homme dont je ne prononcerai plus le nom.
Vous verrez qu'il ne faut pas me regretter, que
j'étais bien réellement indigne de porter un si
grand amour dans le cœur, et qu'il était néces-
saire de mourir.

Adieu, George; je ne vous ferai pas d'adieux,
je sens qu'ils m'attendrissent, et j'ai besoin de
courage pour vous quitter. Je pleure beaucoup,
allez! — Je ne croyais pas que ce fût si difficile à
une pauvre âme si malheureuse de quitter ce
monde... Si c'était pour aller vous rejoindre, oh!
comme je boirais cette petite fiole qui contient la
mort dans son sein. Mais c'est pour vous quitter,

mon bien-aimé!...: — Vous n'êtes pas *là-bas*, vous; mais vous viendrez m'y rejoindre. — Dites-vous quelquefois que je vous attends...

Si vous le pouvez, faites-moi enterrer sous les beaux ombrages de Valombreux; — que je sois morte là où je devais vivre!...

Dites à vos enfants, car je veux que vous épousiez cette belle et jeune Irène; dites à vos filles qu'une pauvre âme, qui les eût bien aimées, repose là.

Faites-leur, à ces chères créatures, un cœur simple; — répétez-leur souvent que le bonheur ne visite que les âmes recueillies...

Adieu, ô mon bien-aimé!... mon cœur se gonfle, et ses mouvements se précipitent... Dans un instant, ils auront pourtant cessé pour jamais!...

Au revoir dans l'éternité, et que le dieu d'amour et de clémence m'accorde de pouvoir réparer mes fautes par le sacrifice de ma vie. — Adieu!...

———

Madeleine poussa un grand cri ; la fiole se brisa dans ses mains. George, pâle et terrible, était debout devant elle.

— A genoux ! lui dit-il d'une voix sévère, et, avant de me demander grâce, implorez le pardon du ciel pour le nouveau crime que vous alliez commettre... Vous avez donc oublié jusqu'aux principes de cette religion divine que votre mère pratiquait. Oh ! la folle créature qui allait paraître devant Dieu sans qu'il l'eût appelée !... et qui considérait sa coupable désobéissance comme une sainte expiation !...

Madeleine était à genoux ; ses beaux cheveux roulaient à terre ; ses yeux, dilatés outre mesure, regardaient fixement le visage menaçant de George ; ses mains, crispées par l'effroi, se joignaient par un mouvement de prière, tandis que son corps renversé et sa tête jetée en arrière trahissaient l'épouvante... Des mots sans suite s'échappaient de sa bouche entr'ouverte, dont les lèvres, pâles comme la mort, tremblaient convulsivement.

George la prit dans ses bras et la déposa sur

une pauvre chaise de l'humble maisonnette dans laquelle elle s'était réfugiée...

Après l'avoir contemplée longtemps dans un morne silence, il s'éloigna d'elle vivement et alla s'accouder sur la balustrade extérieure.

Madeleine fut à lui en se traînant sur les genoux, dans sa même pose convulsive et tourmentée.

Il détourna le visage en lui faisant le geste de se retirer...

— Il valait mieux me laisser mourir, murmura-t-elle enfin d'une voix si douce qu'on eût dit un souffle.

A ces premières paroles qui sortaient de la bouche de sa maîtresse, George se retourna brusquement... Son beau visage, inondé de larmes, trahissait une lutte poignante et d'indicibles tortures...

— George... murmura-t-elle, toujours dans son humble posture ; je te vois... suis-je donc déjà au ciel ?...

Le jeune homme crut que son cœur allait se briser... Il tendit ses bras à la pécheresse, et tous deux poussèrent un long gémissement.

Quelques mois plus tard, le comte George ramenait Madeleine sa femme au château de Valombreux... Le pays était en fête pour recevoir les jeunes époux, mais, après d'abondantes aumônes répandues en leur nom, ils annoncèrent leur intention formelle de vivre entièrement retirés du monde.

— Tiens, dit un jour le comte George à sa belle jeune femme, voilà les beaux arbres où tu voulais être enterrée... folle?...

Madeleine rougit.

— Mon amie, dit le comte en l'attirant sur sa poitrine avec une grâce sérieuse, la comtesse de B... ne doit pas rougir des erreurs de cette pauvre créature que nous avons laissée dans un coin de l'Italie. Tout ce que nous avons souffert l'un et l'autre est comme noyé dans notre félicité présente. Aie confiance et courage, je veux t'élever si haut que les choses du passé n'apparaîtront plus dans tes souvenirs que comme des ombres, des formes sans nom, s'agitant au hasard dans le vide. Je veux te presser si fortement sur mon cœur que tu te sentiras forte et que tu diras aux fatigues : « Je vous attends ; » aux dangers : « Je vous défie. » Et tu viendras à moi dans l'allégresse de ton esprit et dans la simplicité de ton cœur... Le bonheur, cet hôte mystérieux, habitera désormais cette calme demeure ; la paix et la sincérité de nos âmes l'y retiendra toujours... Que le souvenir d'un passé enfui à jamais ne trouble point notre sagesse!... Enfant, dit-il en lui montrant le ciel éclatant, que reste-t-il de la nuit quand le soleil s'est levé !...

Madeleine s'agenouilla et pria longtemps d'une voix émue, mais les yeux brillants de bonheur; George la contemplait avec une tendresse recueillie...

— Vous me l'avez ramenée, mais par un bien douloureux chemin, ô mon Dieu! dit-il tout bas en jetant vers le ciel un regard humide de larmes.

FIN.